JN168976
オタだけど強制操作フィギュアで、
女の
ロメロ化に成功しました！
メロンバロン
illust:るしゅーと
ぷちぱら文庫
creative

プロローグ キミは僕の性欲人形

「──え？　あっ!?　な、なんで……う、動かないですっ……」

ははっ、驚いてる驚いてる。

僕の部屋のベッドに手をつき、お尻をこちらに向けて突き出したままで、彼女は動けなくなっていた。

「も、もしかして……またあなたが!?　く、くうぅ……嫌、もうやめてください！」

目の前でもがくように手足を動かそうとするけど、やっぱり動かせないらしい。

「いやー……やっぱりすごい効き目だよね、このフィギュアは」

「んんぅ……フィギュアって……そのお人形のことですよね？　くんぅ……そ、そんなものでなぜ私が……くっ……いったいどんな仕組みなんです!?」

「さあ？　僕にもわからないよ。でも理屈なんてどうでもいいよ。これでまたふたりでいいことができるからね──綾部美咲（あやべみさき）さん♪」

僕は目の前で震えるスカートにそっと手を伸ばした。

「あうっ⁉　んんぅ……嫌……やめてください……触らないで……くんぅ……」

スカートの上から撫で回すお尻の感触はとても心地良くて、温かいぬくもりが手から伝わってくる。

「んー♪　プリプリのやわらかぃ弾力……触らないでって言われても、こんなお尻が目の前にあったら誰だって触っちゃうよ」

「くうっ、んんぅ……け、汚らわしい手でまた私をもてあそんで……やめてくださいって言っているのに……あんんぅっ⁉」

悔しそうに顔を歪ませる彼女を無視して僕はスカートめくり、今度は下着の上から撫でた。

「ふぁ……温かいなぁ♪　どうして女の子のパンツって、こう触り心地がいいんだろう……やっぱり大事な部分を隠しているから、生地にもそれなりに気を使うってこと？」

「し、知りませんっ……んんんぅ……」

「知らないってことはないでしょ？　自分で選んで買ってるんだよね？　なんでこれを買ったの？」

「んんぅ……くうぅ……」

話したくないのか、口を横に引いてだんまりを決め込もうとする。

「あれ？　いいの、答えなくて？　……それならどうなっちゃうか、わかってるでしょ？」

　僕は例のものを手に取ろうと、机の横に腕を伸ばす。

「やっ⁉　やめてください、これ以上それを使うのはっ……お、お願いしますからもう……うぅぅ……」

　よっぽど嫌なのか、泣きそうな顔で懇願してきた。

「そんな顔しないでよ。まあその表情も綺麗だけどね。じゃあ、なんでこのパンツを買おうとしたの？」

　ふっくらとしたお尻の感触を味わいながら、彼女を見つめてもう一度聞く。

「あ、あうぅ……か、可愛いと思ったから……買ったのです……お店で選んで……」

「ああー、なるほど。どれどれ……お、ほんとだ、可愛いーね♪」

「やうっ⁉　くんんぅ……そ、そんなに近くで見ないでくださいぃ……あうっ、んんぅ……い、息が当たって……うぅぅ……」

　鼻息が当たるくらい間近で眺めると、彼女はブルっと小さく身体を震わせた。

「えー？　見ちゃダメなの？　そうかぁー……じゃあ、これならいいかな♪」

　あまりにも良い手触りなので、そのまま膨らみに頬ずりする。

「ひゃうっ⁉　やうっ、んんぅっ！　い、嫌ですっ……んっ、くんんぅ……き、気持ち悪いぃ……あくっ、んぅ……」

「ひどいなー。そこまで本音を言わなくてもいいじゃないか。ふふ……でも本当に気持ち悪いと思ってるのかな？　なんだか熱くなってる気がするよ？　とくにここなとか……」

　柔らかい膨らみを頬で愉しみながら、彼女のニオイが強くなる熱い股間へと、谷間に沿って指を滑らせた。

「あうっ、んんぅっ！　んくっ、あっ、だ、ダメ……触らないでって言ってるのにぃ……あうっ、くんんぅ……」

　体は動かせないけど、まだなんとか僕の指を拒もうとしているみたいだ。

　お尻と内腿にクッと力を入れて、彼女は悪あがきをする。

　でもそんな抵抗は今の僕には些細なことで、指先はパンツの上から簡単に秘部に届いた。

「んー？　あれれ？　これはどういうことかな？　なんだかしっとりしてきてるけど？」

　熱い湿り気をさらに確かめるように、布ごと少しめり込ませるようにして、しっかりと弄る。

「やううぅ……くんんぅ……んくっ、んんぅ……そ、それは違うぅ……んんぅ……」

「なにが違うの？　濡らしておいて……あぁー。もしかして触られたくないのは、これが理由かな？　お尻を触られただけで気持ち良くなって、おまんこがヌレヌレになっちゃったのが恥ずかしかったんだ♪」

「なっ⁉　そ、そんなことは……あうっ、はんんぅ……あ、ありませんぅ……んあっ、んんぅ……き、気持ち良くなんてなるわけがありませんから……あうっ、くっ……」

「ああ、あるほどね。キモオタの僕に触られても感じないってことなんだね。へー……じゃあ、直接触ってもなんともないよね？」

「えっ⁉　あっ、嫌ですっ！　またそんなふうに大事な場所を触っちゃ……きゃううぅっ！」

パンツをずらして直接秘部をさらけ出させると、そのまま指先を押し付けて軽く中に入れた。

「ひうっ、くんんぅっ！　も、もう指を中にぃ……んくっ、あううぅ……」

「あぁぁ……やっぱりいいなぁ、この感じ。しかも結構ヌルヌルだよ。ほんとに感じてないのかな、これは♪」

入れた指先を少し強引に、グリグリとかき回してみる。

「やうっ、はっ、んんぅっ！　んあっ、あうぅ……か、感じて、なんかぁ……あうっ、はあぁんっ！」

口ではそう言ってまだ抵抗するけれど、秘部の奥からは粘度の高い濃い愛液が溢れてきて、かき回す度に僕の指を伝ってこぼれ落ちていく。

「おやおや、もう滴ってるよ。パンツまでこんな濡らしちゃって……こんなに濃いエッチなお汁を出してるって結構、本気で感じてるんじゃないかな？　ほら自分でも見てみなよ」

「えうっ、や、やあぁ……み、見せないでくださいぃ……んんぅ……あうっ、はううぅ……」

今まで入れていた指を彼女の前まで持っていって数回開き、糸が引く様子を見せつける。

その間も反対の指で熱くヒクつく秘部をかき回し続けた。

「あうっ、くんぅ……や、やぁぁ……こんなになりたくないのにぃ……こんな最低なことっ、嫌なのにぃ……はうっ、あぁぁっ！　んいっ、あううぅ……んあっ！」

「あはっ。嫌なのに、こんなにスケベに濡らしちゃうなんてね。体は正直なんだね」

「やうっ、んくっ、ううぅ……あ、あなたがそうしているだけなのでしょう？　き、きっとこれも操って……んんぅっ！」

「やだなぁ、僕はそんな気持ちまで操るようなことはしないよ。今のこれは紛れもなく美咲の反応だよ」

「んんぅ……はあっ、あうっ、んんぅ……う、ウソですぅ……んっ、んんぅ……み、認めません……私は絶対こんなことぉ……あっ、はんんぅっ！」

「やれやれ……いい加減正直になればいいのに……そのほうがこの後のも、心から愉しめるようになるよ。さあ、そろそろいいかな♪」

すっかりほぐれて準備のできた秘部から指を抜き、代わりに興奮して反り返ったペニスをあてがった。

「あうっ⁉　ううぅ……や、やっぱりそれもするのですか……また、私を穢して……」

「穢れるなんて思わないでよ。僕の愛を受け止めると思って」

「そんなもの受け止めるなんて嫌ですっ……んんぅ……一方的に押し付けられて……こんなの欲しくないです……」

「まだそんなこと言ってる。もう僕からは逃れられないんだから諦めようよ」

亀頭の先に当たる柔肉の感触にたまらなくなって、そのままゆっくりと突き刺していく。

「いうっ⁉　い、嫌っ、嫌ぁ……あぐうぅ……も、もう、こんなものを入れられるのはぁ……あぐうぅぅっ！」

「くはあぁ……やっぱりまだ狭いね。でも根本まで入ったよ」

まだ回数も浅い膣内は、ペニスを入れるとみっちり詰まったようになる。

でもしっかり濡れているので最初のときのような引っかかりはない。むしろ僕のにフィットしている感じだ。

それもそのはずだ。ここに入ったことのあるペニスは、僕のもの以外無いのだから。

「さーて……そろそろ、本番を愉しもうかっ♪」

しっかりとくびれた彼女の腰を掴み、欲望のままに突き出した。

「んあぁぁっ⁉　あうっ、やうっ、やあぁぁっ！　あうっ、んくっ、んんんぅっ！」

最初から激しく腰を打ち付け、責め立てる。

「はうっ、あっ、くんんぅ……んあぁぁっ！　そんな乱暴にしないでくださいぃ……あうっ、はっ、あっ、あぁぁっ！」

「ん……でも気持ち良くて腰が止まらないんだ……こんなエッチな美咲が悪いんだよ♪」
「やうっ⁉　ふあぁぁっ！　あっ、んんぅっ！　わ、私のせいじゃないですぅ……あぁっ！」
「いや、絶対美咲のせいだよ。だってこんなグチョグチョにさせて、おちんぽを咥え込んでるんだもん」

「はうっ、あっ、んくっ、んんぅ……それは……体が勝手にそうしてるだけですぅ……はううぅっ！　ひうっ、あっ、あっ……」

ペニスが前後に出入りすると膣壁がグイグイ締め付けて、狭い膣内でより一層気持ち良く擦れる。

「くぅー……しかもこのいやらしいお尻はどうだっ」

腰を打ちつける度に波打つ、プルプルのお尻は見ているだけで興奮を煽ってくる。

「きゃううぅっ!?　んくっ、ダメっ、た、叩かないでぇ……あうっ、はあぁぁっ！」

軽くお尻を叩くと、もっと膣内の締め付けがきつくなって、気持ち良くなってきた。

「あうっ、くんぅ……はっ、ああっ！　んんぅ……もう嫌ぁ……私をもう、もてあそばないでぇ……あっ、あうっ、はっ、はぁんっ！」

「ああぁ……たまらないよ、美咲のおまんこ……美咲も気持ちいい？」

「んくっ、んんぅ……良いわけないですぅ……んっ、んんぅ……あなたにされてるのにっ、そんなこと思うはずがありませんぅ……んあっ、んっ、んんぅ……」

「ああー。ごめんごめん。美咲はこっちのほうが好きだもんねっ」

僕はさらに股間に力を入れて、最高に漲らせたペニスを子宮口のほうへと突き入れた。

「やぐううぅっ!?　んあっ、そんな奥のほうでっ!?　ひうっ、ひゃうっ、んあぁぁっ！　あっ、あっ、嫌ぁっ！　奥でそんなに激しく突いちゃ……あっ、あぐっ、くんんぅっ！

私ぃ……壊れちゃいますぅっ！　はうっ、んやぁぁぁっ！」

「くうっ⁉　ははっ。でも子宮口が美味しそうにおちんぽを吸ってきてるよ？　しかもこんなにだらだら、スケベなお汁を垂らしながらね。ほら、聞こえるでしょ？　このエッチな音っ」

「んぇぇっ⁉　あうっ、ひうっ、んあぁぁっ！　そんなのっ、聞きたくないっ、聞きたくないですぅ……あうっ、んんぅっ！」

股間とお尻がぶつかる音に混ざり、いやらしい水音が部屋に響く。

それを認めたくない彼女は頭を振って拒否した。

「はは、無駄だよ。体はもうすっかり感じてるんだからね」

「あっ、あうっ、ウソですぅ……んんっ！　う、ウソなのにぃ……なんでこんなにフワフワしてぇ……あっ、ああっ、あうっ、んんぅっ！　も、もう……なにも考えられなくぅ……あうっ、くんぅっ！」

「おおうっ⁉　ううっ……この締め付けはきついね。こんなに喜ばれると、僕もうイっちゃうよ」

「あっ、あんんぅっ⁉　い、いくってまさかっ⁉　んやっ、やぁぁぁぁっ！」

僕のしようとしていることを悟ったのか、シーツを握って引き寄せ、逃れようとする。

でも今の彼女にはそれが精一杯で、動かない体は僕のなすがままだ。

「じゃっ、このまま中出し……キメちゃうよっ！」

「だ、ダメぇっ！　ダメですっ、嫌あぁっ！　お願いですからそれはしないでください っ！　またされたらほんとにっ、ほんとにぃ……んっ、んあっ、あっ、あああぁっ！」

「ううっ！」

ドクンッ！　ドピュッ、ドビュルルルッ！

「んひっ⁉　ひゃぐっ、嫌あああぁぁぁっ！　ああっ‼」

最後の一突きで膣内が震え、子宮口がグッと亀頭に吸い付いた。

僕は彼女のそこに、留めていたもの一気に開放する。

「あぐっ、くんんぅ……だ、ダメぇ……ダメって言ったのぃ……はぐっ、くんんぅ……だ、出さえてますぅ……いっぱい出されてぇ……んあぁぁっ！」

膣内はますますペニスを締め上げて、言葉とは裏腹に全身を気持ち良さそうに震わせた。

あ……すごいな……これがもしかしてイったってやつかな？

僕の射精で彼女もまた絶頂に達したみたいだった。

「……ふぅ……」

「あうっ⁉　んあぁぁ……」

グチョグチョに濡れた秘部からペニスを引き抜くと、ドロっとした僕の精液が音を出して溢れ出てきた。

「ふふん……良かったよ、美咲」

それを見て、満足して微笑む。

「くっ……もう……名前でなんて呼ばないでくださいぃ……はあっ、あんんぅ……」

そう言って嫌がる素振りを見せる。

だけど、よっぽど良かったのかベッドに倒れこんだままで、荒い息を続けていた。

「はあっ、はんんぅ……ま、また中に出されてしまいました……んんぅ……もう、嫌ぁ……はあぁ……はんんぅ……」

「ああ……これで何回目の中出しセックスになるかな？」

きっと、続けていれば出来てしまうかもしれない。でもやっぱり、この快感はやめられない。

「ふっ……美咲だって本当は中に出されるの好きでしょう？」

「そ、そんなこと……んんぅ……ないですぅ……」

「えー？　あんなにヒクヒクさせて喜んでいたくせに？」

「ち、違いますっ……んんぅ……喜んでなんてないです……」

「素直じゃないねぇ……まあ、僕は気持ち良ければどちらでもいいけどね」

まだうつ伏せで横たわったままの美咲の横に座り、きれいな曲線を描くお尻を撫でる。

「あうっ、くうぅ……悔しいぃ……んんぅ……」

顔をベッドに押し付けながらそう言う彼女の表情は見えなかった。

だけど僕の手を嫌がる素振りはもう見せなかった。

ここまでくれば、もう抵抗することもないだろう。

これからも、美咲といろいろなことができるだろうな……。

「……大丈夫。悔しいって思うのはきっと今だけだよ。そのうち、良かったって思うようにさせてあげるから。これからいっぱい気持ち良くしてね♪」

「んんぅ……そ、そんな日はきません……絶対……絶対にぃ……あんんぅ……」

撫で続けていると体が軽く震えて、また秘部から精液がこぼれ落ちた。

それにしても、こんな風に彼女の体を好き勝手に愉しめる日がくるなんて……。

普通に学園生活だけを送っていたら、こんな素晴らしいことにはならなかっただろう。

「ああ……僕はなんて幸運の持ち主なんだろう……」

ベッドの横に大切に置いていたものを眺める。

そう……これも全部、この不思議なフィギュアを手に入れたことから始まったんだ――。

第一章 美少女がグッズ化されるとき

僕の周りには、いつも美少女がいる。

例えば近所の幼馴染のある子は、制服をひらつかせてちょっとパンツを見せてくれる、いつもニコニコ笑顔な女の子。

ある子は僕をお兄ちゃんと慕ってくれて、甘えん坊でちょっと泣き虫の守りたくなるような女の子。

ある子はいつも傷だらけで無口なんだけど、僕のことを大好きだと言ってくれる女の子。

僕の座る机の周りには、いつも僕だけを見ている女の子であふれている。

……と言っても、もちろん一方通行なコミュニケーションしか取れない、非現実の女の子たちだ。

そう……僕は重度のアニメオタクだ。

学園ではおとなしく息を潜め、同士と呼べる数少ないオタク仲間と隠れてこそこそ談笑し、帰宅時には必ず書店かショップに立ち寄って最新作や往年のアニメ作品に触れ、家に帰れば円盤を回して何度もアニメ鑑賞をする。

もちろん放映されているアニメがあればそれを優先してリアルタイムで見て、その後、録画したものをもう一度見直す。

そしてネットの批評をチェックしながら、感想を書き込み、時にはその作品のアンチと白熱した意見交換を交わすこともあった。

休日になればもう少し肌色の豊富なショップへ向かい、同人を買い漁ったり、『禁』と書かれているゲームに手を伸ばしたりして……と、概ね一般的にオタクと呼ばれる人種のデフォな生活を送っている。

もちろんそんな趣味全開なので、そうでない人からは『うわ、こいつオタクじゃね？』と言われるくらいには、見た目もしっかりオタクになっている。

そんな僕が今、もっとも力を入れているのはフィギュアだ。

きっかけは買ったゲームについてきた、おまけ的な簡単なものだった。

もちろんそれは作りが雑で、いかにもという残念なものだった。

だけどお気に入りのキャラクターだったので、しばらく飾って眺めていた。

するとある日、悩ましげな目でその子が訴えかけてきたのだ。

——こんなイマイチな私で正勝は満足なの？　と。

そこからだった。僕がもう少しお高くて、しかも作りが凝っているフィギュアに手を出し始めたのは。

後はもう、フィギュア好きなら通るであろう茨の道を駆け上っていった。

やれ、造形が。やれ、脚の曲線美が。やれ、あの原型師が――。

こだわりと情熱は財布の中身と反比例で膨らんでいき、部屋の中には美少女が集まって、今のハーレムが作りあげられていった。

しかし僕はそれだけでは物足りなくなってしまった。そして思ってしまったのだ。

――僕ならこの子のおっぱいはもっと小さく作るよな……。

こうして買い専だった僕は、気付いたらフィギュア作りにまで手を出していたのだった。

まあ、ここまでならよくある話だ。

好きなモノを自分の手で作ってみたくなるということは、どのジャンルでもある。

それは絵であったり、映画だったり、ゲームだったり……。

だけどフィギュア好きとして、僕はとんでもない間違いを犯してしまった。

恋をしてしまったのだ……しかも生身の人間に。

……いや、これはちょっと言い過ぎか。

フィギュア好きだって生身の人間に恋することはあるだろう。

……たぶん。

『あ……おはようございます。荒田くん』

朝のたわいない一言。

そのたった一言で僕は彼女——綾部美咲に心を奪われた。

もちろん同じクラスに入ってから、その存在は知っていた。

いや、この学園に入ったときから知っていると言ってもいいかもしれない。

男子なら多分全員が知っている存在だからだ。

それくらい彼女の美貌は有名だった。

そこら辺にいる、色が抜けて経年劣化したリ○ちゃん人形のような髪と比べるのも恐れ多いほどの、艶やかで天使の輪ができる黒髪ロングストレート。

普通ならただそれだけだろう。

髪がきれいで後ろ姿がすごく良くても、振り返ったら美人なんてことはまずありえない。

だけど彼女はそのありえない常識を超える存在だった。

大きな目に鼻筋の通った顔立ち。顔の造りも完璧に美少女。

さらにスタイルも抜群で、手足はスラリと長くて細く、ボディはもちろん締まるところは締まり、出るところは出ている。

しかもその出ているところ……とくにおっぱいはかなりのもので、制服の上からでもわかるその中身の圧倒的存在感に、どれほどの男子が前かがみになったことだろう。

ましてや体育の授業中には、女子からもため気が出るほどだった。

それほどの圧倒的な美貌によって、ありとあらゆる生徒の憧れの対象となっている。

でも彼女の魅力はそれだけじゃない。

しゃべり方も品が良くて、分け隔てなく人に接するため、あまり人に恨まれることがない。

もちろんやっかみや、ひがみで見る女子もいたが、彼女は少し抜けていてぽわぽわした性格のために、話をしているうちにその毒気も抜かれて癒やされるという、天然ヒーラーとしてのスキルも持っていた。

その天然っぷりに女子だけでなく、当然男子もすっかり惑わされて無意識で好きになる。

まさに学園ナンバーワン。完璧美少女の頂点に立つ存在。

そんな彼女に心を奪われた男子の中に埋もれるひとりが僕だったのだ。

平面でなく、３ＤＣＧでもない。正真正銘存在する僕の好みの女の子。

そんな子にただ挨拶されただけで、僕の心に衝撃が走った。そしてふと思う。

こんな子が彼女だったらなぁ……と。

ただ当たり前だけど、自分なんて絶対に相手にされないということはわかっている。

だから……せめてフィギュアで彼女を再現していつも見ていたい！

僕にとっては極めて正常な、だが歪んでいる発想に行き着いたのは当然の結果だった。

そうと決めていざ取り掛かろうとしたけど、最初から上手くできるはずもない。

材料や作り方などを様々なサイトでチェックして、あれこれと試行錯誤しながら創ってみたけど、やっぱり再現できなかった。

「やっぱり無理なのかな……」

何度目になるかわからない失敗に意気消沈し、僕は半分諦めかけていた。

そんな中、ぼーっとしながらフィギュア関連のサイトを回っているうちに、ふと目に留まった宣伝文句に惹きつけられた。

『理想のあの子を、キミの手で造りあげませんか？』

「理想のあの子を……僕の手で……」

思わず右手がポチリとその文字をクリックしていた。

そして食い入るようにしてそのサイトを見てみる。

だけどそこに表示されたのは、一枚のフィギュア素体の写真と金額と振込先だけ。

その他の説明はさっきと同じ文句だけだ。

もちろんそれだけなら、即ページを閉じるところだ。

「……ん？　なんだろう……？」

しかし良く見るとその文句の下にすごく小さな文字で『製造保証付き。造れなければ返品可能』と書かれていた。

「返品可能か……だったら買っても損にはならない……かな？」

正直、もう自分ではどうやって造ればいいのか——これ以上良いアイデアが浮かんできそうにない。

だったら最後にこのフィギュア素体を買って試してみるのもいいかな……。

そう思い、金額を確認する。

「……高っ！」

ぼんやりとしか見てなかったその金額を、改めて見るととんでもない値段で、正直、貯金も無い僕にとっては逆立ちしても手が出せなかった。

「ああ……もう諦めるしかないかな……」

画面から目を離し、座っている椅子を回転させながら深く溜め息をついた。

そのとき、また周りで僕に笑いかけてくるフィギュアから声が聞こえた。

——そうよ、諦めなさい正勝。あんたみたいにどうしょうもなく不器用でキモメンオタクの消費豚は、私たちでシコってるしか道はないのよ。さあ、今すぐ神原型師のフィギュアをぽちりなさい。

——大体、お兄ちゃんが浮気とかありえなーい。あはは！　バカだよねー。なに夢見ちゃってるの？　無駄無駄ぁ！　一生童貞のまま、私たちに囲まれて暮らそうよ♪

考えた僕はポチリと、購入をクリックしていた。

「…………」

数日後――。

「きた……つ、ついにキターーーーッ！」

周りに置かれていたはずの美少女たちが数体消え、かなり寂しくなったハーレム部屋の中で僕は小包を掲げて小躍りしていた。

「さて……ついにこの日がきた。僕の綾部さんを手に入れるときが！」

まだ自分で造ってもいないのに、テンションが上がってしかたない。

きっと中にはすごく分厚い説明書や教本が入っている。もしくはＤＶＤのお手本映像かも知れない。きっとそれを修得するのは、とても長い道のりになることだろう。

でも今の僕には成功しか見えない！

どこかにお嫁に行った美少女たちのためにも、僕は成し遂げてみせるぞ！

そのままのテンションで包みを開いて、中身を取り出しにかかった。

「…………あ？」

中には緩衝材もなく、ビニールでダンボールの底に固定された素体が一体。

他にはなにも入っていなかった。

「だ…………騙された……」

うん、きっとそうだろうと思ったよ。だって怪しさプンプンしてたもんね……。

思いっきりテンションが下がる。だけどこれは想定内だし、しかたない。

それでもまだ冷静でいられるのは、あの『製造保証付き』の文言を覚えていたからだ。

こんな素体一つでどうやったって作れるわけがない。こんなものは即、返品だ！

僕はしかたなくPCを起動させて、例のサイトにアクセスしていた。

「……え？」

だけど画面には例の写真と値段と『製造保証付き』の文言は現れず、かわりに味気ないフォントの『404』と、英語がちょろっと書かれているものが映し出されていた。

「完璧、騙されたあああぁ！　クソっ！　このクソおおおぉぉぉぉっ！」

おもいっきり地団駄を踏む。

当然、もう冷静でいられるはずもない。

だけど、どうすることも出来ず、悔しくて小包を殴るしかなかった。

「僕の純情を……よくも、よくもーーーーっ！」

素体の入ったまま何度も箱を殴っていると、中から白いものがひらひらと出てきた。

「……ん？　なんだ？」

よく見ると紙切れが一枚、床に落ちている。

どうやら素体の下に挟んであったらしい。

もしかしたら、ここに会社の住所が書いてあるかもしれない！

詐欺をやる連中がそんなヘマをするわけはないと思いながらも、僕はその紙を手にとって読んでみた。

「はぁ……やっぱり……」

そこには郵便番号も電話番号も会社名すら書いてない。

しかし『説明書』という大きな文字が見えた。

「ふん……こんなものの、なんの説明をしようっていう………んん？」

投げやりになりながら適当に読み流していくと、妙な一文があった。

『――対象者に触れさせるだけで、その対象者の造形を自動的に模倣いたします』

「……え？」

もう一度、きちんと読み直してみると、そこには信じられないことが書いてあった。

弊社の模倣フィギュア『あ、これマジ似てる！』をお買いあげいただき、誠にありがとうございます。

本商品は以下のとおりの仕様になっております。

本品は女性型フィギュア専用です。男性に使用しても効果はありませんのでご注意くだ

さい。

本品を対象者に触れさせるだけで、その対象者の造形を自動的に模倣いたします。ただし対象者の素肌に直接触れさせなければ機能いたしません。

模倣形成時間は約2時間となっております。それ以上経っても模倣作業が完了されない場合は初期不良となります。

また、模倣いたしました本品を操作することで、その模倣対象者を自在に操れるようになります。その際は必ず本品を持ち、対象者を視認できる範囲でご使用ください。

本品を使用するにあたり、お客様は多大な損害を被る場合がございますが、弊社は一切責任を負いません。自己責任でのご使用をお願い致します。

初期不良等による返品、また苦情等は下記の連絡先にて承っております。


「……って結局、連絡先、書いてないし……」

説明書の下のほうや裏側を見ても、やっぱり連絡先は書いてなかった。

だけどそんなことより、今はその仕様についての言葉が気にかかった。

「触れさせた人の形に変わって……しかも操れるってこと……だよね……」

とても胡散臭い。にわかには信じられない。

だけどその素体を手に持ってみると、見た目に合わないずっしりとした不思議な重さと、なんとも言い表せない独特な雰囲気があって、妙に僕の心をざわつかせた。

「……試して……みようかな……」

そうして僕は早速次の日に、このフィギュアを学園に持っていくことにした。

もちろんそれを綾部さんに触れさせるためだ。

だけど、これがなかなか大変だった。

「ぬ、ぬうぅ……なかなか、ひとりになってくれないな……」

学園一の人気者である綾部さんの周りには常に人がいる。

とくに女子が多くて、僕のような人物が近づこうものなら、まずキツイ視線で撃退されてしまう。

それにうっかりフィギュアがその周りの女子に触れてしまったら元も子もない。

なのでなるべく、彼女がひとりのときを見計らって、偶然を装って声をかけるのだ。

試行錯誤して、なんとか長袖の腕の中に仕込ませたフィギュアを、彼女に触れさせようと計画していた。

だけどその機会が、まったくと言っていいほどなかった。

でも、ずっとひとりにならないということはないだろう……。

そう思って気長に数日間、チャンスを待った。

でも、その考えは甘かった。

僕は知らなかったのだ。女子は思いっきりつるむものだということを――。

教室を移動するときはもちろん、授業の合間の休憩時間や昼休み。そしてトイレに行くときさえも常に行動を共にしている。

しかも部活中や、登下校さえ一緒にいるので、どうにもならない。

なにも出来ずに、ただ見ているだけという日が続いてしまった。

でも、それがさらに悪い方向へ向かっていく。

「――ねえ？　最近、あのキモオタっていつも美咲のこと見てない？」

「え？　そうですか？」

「そうだよ。美咲ってぽわーとしてるから、ああいうやつに気づかずストーキングされてることがあるかもよ。ちょっと気をつけな」

うっ……気づかれてるっ⁉

放課後に聞き耳を立てて、彼女の様子を見ていた僕は焦った。

ここで警戒されたら、もっと近づけなくなる。

「……もう、そんなことないですよ。きっと私ではなくて他の人が気になっているんです。例えば……優子さんとか」

「えーー？　やだ、最悪。あんなのマジ、ムリ！」

こっちのセリフだよ！　マジ無理なのは！

「でも真面目で優しい人だと思いますよ？　いつも誰かに頼まれても断らず、お掃除だってちゃんとしていますし……」

「ああ……やっぱり美咲っていい子だよね……」

「え？　そ、そうでしょうか……ふふふ……照れちゃいますね」

本当に褒められていると思っているのか、素直に頬を赤くしてはにかむ。

うぅ……綾部さんは、やっぱりとってもいい子だなぁ。

でもそれはね、断らないんじゃなくて、断れないんだよ？

僕は気が小さいからね……。

心の中でそう呟きながらも、彼女が自分のことをほんの少しでも見てくれているということがわかって、少し嬉しくなった。

「――もう……照れた美咲も可愛いんだから♪」

「え？　あ、ありがとうございます」

「やっぱりあたしたちが守ってあげないとダメよね、美咲は」

「え？　あの、なにから私を守って……」

「いいの。美咲は気にしないで。さぁ、一緒に帰ろうか」

「はい？　え、ええ……そうですね」

こうしてまた、綾部さんを取り囲むようにして教室を出て行く。

もちろんその囲んでいる女子から僕は、思いっきり冷たい視線を浴びせられることになった。

はぁ……今日はもう近づかないほうがいいかな……。

綾部さん本人には誤解されずに済んだけど……しかしこれでますます周りの女子から警戒されてしまっただろう。

うーん……どうしたら彼女に、フィギュアを触れさせることができるかな……。

「……なんで触れさせないといけない仕様なんだよ……もう少しハードルの低い仕様にしてくれればいいのに……」

ひとり机に突っ伏して愚痴る。

そもそも素肌に直接という時点で、かなり厳しい。

仮にひとりになったときに僕が近づいて触れさせようとしても、どんな理由をつけて素肌部分に触れさせればいいか……実は未だに思いついていなかった。

「あぁ……いったいこの数日は、なにをしてきたんだろう……」

今の僕はもう、ずっと見ていなくても彼女の行動パターンが、大体わかるようにまでなっていた。

今日は部活がない日だ。

だからきっと彼女は、今頃さっきの女子としゃべりながら廊下を歩いているはず。

そしてきちんと揃えた上履きを下駄箱にしまって、いつものように上品に靴を履き替えて下校して行くんだろう。

ああ……なんだかもう本当にストーカーのようになって――。

「……ん？　下駄箱……？」

その瞬間、目の前が開けた気がした。

「――あのぉ……荒田くん？」

きた！

いつものように自分の席でラノベを読む振りをして、じっと聞き耳を立てていた僕の横に、ついに綾部さんから話しかけてきてくれた。

「あ、えっと……な、な、なにかの？」

「……かの？　荒田くんは、おじいさんなの？」

なるべく冷静に返事を返したつもりが、思いっきりかんだ。

「え？　い、いやなんでもないよ、綾部さん……そ、それで……僕になにか？」

「あっ……ええ。実は私の下駄箱にこんなものが入っていたのですが……」

そう言ってカバンから取り出したのは、例のフィギュア素体だった。

やった！　ついに彼女にふれさせることができたぞーーっ！

机の下でグッとガッツポーズをして、心の中で雄叫びをあげる。

「……最初、誰かのいたずらかと思ったのですけど、ここに名前が書いてあって……もしかしてこれって荒田くんのですか？」

そう、まさしく僕のものだ。今朝早く君の下駄箱に仕込んでおいた僕のフィギュアだ。

「あ、う、うん。そうだよ。あ、あれれ？　なんで入っていたんだろう……あ！　きっと昨日友達に貸したときに、下駄箱に返しておくように言ったから、きっと綾部さんの下駄箱と間違えて入れちゃったんダネ。アハハハハ……」

「ああ、そういうわけだったんですね。ふふ、それなら良かったです。ではお返ししますね、はい♪」

思いっきりぎこちないセリフだったのに、綾部さんは疑いもせずに微笑んでフィギュアを渡してくれる。

ああ……ほんとにいい子だなぁ……。

「あ、ありがとう……あっ……」

そのときに指先が触れて少しドキッとする。

うっ……あんなに大変だと思っていたのに、こんな簡単に触れ合うことができるなんて……まったく困ったものだ。

「でも驚いてしまいました。下駄箱を開けたら私の上履きから小さな顔が覗いていたのですもの。ふふ、てっきり私、小人さんを見てしまったのかと思いましたよ♪」

そう言ってちょっと楽しそうに微笑む。

「あ……あ……うん……」

その笑顔はとても眩しくて、僕は直視できなかった。

「そんなわけないでしょ、美咲」

「もう用事は済んだんだから行こうよ」

「え？　あ、はいそうですね。それでは読書中に失礼しました」

「い、いや！　僕のほうこそありがとう。た、助かったよ……」

「はい、では――」

そうして彼女はまた女子に囲まれて、自分の席へと帰っていった。

途中で『早く手を洗ってこないとダメだよ、美咲』とか『新しい上履きを購買で買ってきたから履き替えて、美咲ちゃん！』とか聞こえてきたが、今の僕にとってはどうでもいいことだ。

ついにフィギュアを……綾部さんのフィギュアを手にすることができる！

そう思うともう、いてもたってもいられなくなった。

「──あー、みんな席につけー。出席取るぞー。それじゃ、まず──」

「先生！　僕、これから下痢と腹痛と頭痛と偏頭痛で寝込みますから早退しますっ！」

そう言って、僕は大事にしまったフィギュアの入ったカバンを抱きかかえ、猛ダッシュで教室を飛び出していた。

そして家に帰ってすぐに、部屋でカバンからフィギュアを取り出してみる。

「あ……これ、ほんとに似てる……」

さっき見たときとはまったく違う、全裸のフィギュアが手の平に横たわっている。

しかもその顔は紛れもなくあの綾部さんで、僕に眩しい笑顔を向けていた。

「……うわぁ……なんて造り込みだ……こんなに精巧に作ってあるフィギュアなんて見たことないよ……」

それは僕のいつも見ているアニメキャラとは、完全に違うタイプのフィギュアだった。

そもそも材質から違う。

最近では質感が肌に近く、プニッとした素材で作られたものもあるが、それとも比べ物にならないくらいに、このフィギュアは心地よい肌の感触を表現していた。

髪の毛も、本物の人毛を移植してるんじゃないかというくらいサラサラで、艶々しい。

しかもそのままの太さではなく、ちゃんとこの小さいサイズに合わせた毛の太さでだ。

眼もどういう仕組みなのか常に潤っているみたいで、とてもきれいに光っている。しかもきちんと瞳孔まで作りこまれていた。

　眉毛やまつ毛、爪もきちんと生えていて生々しい。そして凄いことに体温も再現しているようで、触れているとぬくもりが伝わってきて、本当に生きているようだった。

「これはもうフィギュアというよりドール……いや、それ以上に完全な小人だよ……」

　ちょっとSFのように考えるなら、クローンで縮小サイズの人間を創った——そんな感じの、今までにない代物だった。

「あ……おっぱいもすごいボリュームで揺れて……あっ！　し、下の毛まで……」

　このおっぱいも乳首も陰毛も……そしてまだちょっと恥ずかしくて確認してないけど、多分作りこまれているはずのおまんこも、きっと忠実に再現しているんだ……。まあ、本人のを見てないので実際はわからないが。

　わからないけど、この圧倒的な造り込みに、きっと本人もこうなっているはずだと思えてきてしまう。

　それくらい説得力のある完璧なフィギュアだった。

「本当に説明書どおりなんだ……」

　改めて説明書を取り、読み返してみる。

『また、模倣いたしました本品を操作することで、その模倣対象者を自在に操れるようになります。その際は必ず本品を持ち、対象者を視認できる範囲でご使用ください』

「まさか……まさかね……」

　いくらなんでもそこまで出来すぎた話はない。ないはずなのに……でもこのフィギュアの出来を見たら、それを否定しきれない。

「明日……試してみようかな……」

　抑えきれない好奇心に、僕は従うことにした。

「……とその前に、ちょっとこのままじゃ可愛そうだよね……」

　なんとなく寒そうなので、とりあえずタオルで巻いて机に横たえ、中身の少ない財布を片手に、きせかえ用の服を買おうと部屋を出た。


　次の日。

　さすがにこの学園のデザインではないけれど、フィギュアにきちんと学制服を着させて、一緒に登校してみた。もちろん鞄の中に入れてだ。

　だけどなんとなく綾部さんと一緒に登校しているように思えて、妙にそわそわして落ち着かない。

「……なんか、変にドキドキするな……」

　それと同時に、このフィギュアの性能が本当なのかを早く確かめたいという思いが、気持ちを高ぶらせた。

……いた！

予想通り。彼女は下駄箱で靴を履き替えている。

周りにはまだ女子の取り巻きは少ない。やるなら今がチャンス。

「えーっと……まずはなにをさせようかな……」

物陰に隠れながらフィギュアを手にして、どうしようかと思案する。

「とりあえず、本当に操れるのか確認するだけだから……」

僕は彼女を見ながら、フィギュアの右腕を上げてみた。

「きゃんっ⁉」

あっ……ほ、本当に上げたっ⁉

僕が動かすのと同時に、綾部さんが急に右手を大きく挙げる。

「あ、あれ？　お、おかしいです……な、なんで腕が……し、しかも下がらない……」

なにが起こっているかわからない彼女は、戸惑いながら必死に右手を下げようとしている。

だけど、腕が下がることはなかった。

「……えーと？　なにしてるの？　美咲……」

「あ、そのぉ……な、なにをしているんでしょうか、私は……ううぅ……」

みよう。

「いや、こっちが聞いてるんだけど……」

周りの女子も彼女のおかしい行動を不思議に思い、声をかけてきた。

おっと……変に騒がれるとまずいかな……でも、もうしばらくこのままで様子を見て
みよう。

フィギュアの腕を戻さずに観察してみる。

「あ、あの……私の手がなぜか下がらなくて……」

「え？　どういうこと？　大丈夫？」

「どうしたの？」

「あれ？　なにしてるの、美咲」

心配した女子が彼女の周りに集まってくる。

それと同時に彼女の姿がこちらからでは見えにくくなってきた。

「あ……段々下がるようになってきました……」

えっ⁉　なんでフィギュアの効力が……あっ！　そうか、視認しにくいから……。

「くっ……見えづらい……」

もう少し場所をずらして、視界に綾部さんを捉える。

するとやはり効力が戻ってきたのか、本人の右手が挙がっていく。

「あうっ⁉　ま、また上がっていきますっ……な、なんですか？　こ、こんな勝手に腕だ

けが言うことをきかないなんて……ううぅ……」

「ちょっ⁉　もしかしてなにかの病気なんじゃない？」

「大変！　今すぐ保健室に行くよ！　美咲！」

「え？　あっ、でも別に痛いわけじゃ……」

心配した女子が再び僕の視界を遮る。

うーん、邪魔だ。これじゃ操作できない。

「くぅ……もうちょっと確かめたいのに……どこでもいいから、ひとりになればいいのになあ……」

ぼやきがつい、口に出ていた。

「――ごめんさい。少し、ひとりにしていただけますか？」

「「えっ？」」

綾部さんの思いがけない急な言葉に、周りの女子が固まってしまった。

「……なんだって⁉」

その言葉には僕も驚いた。

いつも楽しそうに一緒にいるはずの女子を、自分から遠ざけようとした……そんなことは今まで見てきた中で一回もなかったからだ。

「――あの……すみません。私、どこでもいいので、ひとりにならないといけないのです」

「……え？ 美咲……」

「ちょっと……な、なに？」

「ごめんさい……行きますね……ひとりにならないと……」

そう言いながら綾部さんは女子の輪から抜け出し、右手を挙げたままフラフラと廊下を歩いて行こうとする。

これって……もしかして僕が言ったから？

操れるって……フィギュアに語りかけるだけでも、操れるってことなのか!?

確かめるにはこれしかない。

「──やっぱりひとりになるのはなし。下駄箱に戻っていつもどおりに過ごすこと」

そうフィギュアに語りかけて、右腕を元に戻した。

「あっ……」

急に綾部さんは立ち止まると、そのまま回れ右をしてスタスタと下駄箱に戻った。

そしてあっけにとられている女子の輪に入っていき、そのまま右手を下げた。

「あ……あ、あれ？ 私……どこに行こうとしてたんでしょう……？」

「ちょっとーー！ もう、なにボケてるのよ、美咲」

「やだ、寝ぼけてたの？ まったく……しっかりしてよ。びっくりしちゃうじゃない！」

「え？ あ、えっと……ご、ごめんさい……私、自分でもなにをしたかったのかわからなくて……」

綾部さんはものすごく困った顔をしている。どうやら記憶はあるみたいだけど、なぜそれをしたのかは、自覚してないみたいだ。

「ほら、とりあえず目を覚まして教室に行こっ」

「授業、始まっちゃうよっ！」

「あ……え、ええ……そう……ですね……」

まだ納得出来ない様子だったが、とりあえず周りの女子と共に教室へと歩き出していた。

女子たちのいなくなった後、思わずこみ上げる笑いをこらえようと必死になった。

「――ふ、ふふふ……うくくくっ！」

僕は今、最高のモノを手に入れたんだ！


それから授業中や休み時間を使って、もう少し色々とフィギュアの性能を実験してみることにした。

それではっきりとわかったことは、やはり姿を見ながら喋りかけないと操れないということだ。

ただし、喋った内容の行動が終わるまでは、見ていなくても実行してくれるということらしい。これはかなり使える機能だと思う。

つまり僕があらかじめ彼女を見ながら喋っておけば、催眠術にでもかかったようにそれを実行してくれる。

だから例えば授業中に突然立ち上がって僕に告白させることも、夜中に僕の家を訪れるようにさせることも、町中で全裸にさせることも……僕の思いのままに綾部さんはしてくれるということだ。

ふふふ……フィギュアだけでなく、僕は綾部さん本人をも手に入れたんだ。

この素晴らしい幸運を使わない手はない。

……全部、僕のモノにするよ……今すぐね……。

ふつふつと湧き上がる欲望のままに、彼女を見ながら僕はフィギュアを握ってささやく。

「――放課後に、今から言う空き教室に来るんだ……綾部さん」


遠くから、運動部の気だるそうな掛け声が小さく聞こえてくる。

だけどそれも、時間とともに段々と少なくなっていって、今は使われることのなくなったこの空き教室の物寂しさが、いっそう際立っていった。

もう太陽も沈みかけた夕方のひととき。僕は彼女が来るのを待っている。

……もうそろそろ、やってきてもいい時間だけど……。

そう思い始めたころ、教室のドアが静かに開いた。

来た！

うつろな瞳のままでドアを開けた綾部さんは、そのままゆっくりと教室に入ってくる。

指定した行動はここまでだから、すぐに意識が戻ってしまうかもしれない。

「……そのまま教室の奥に入って、椅子においてある目隠しをして」

僕は教室の隅に隠れたまま、フィギュアを握り、指示を追加する。

「あっ……ん……」

綾部さんはまだうつろな瞳のまま、僕の指示に素直に従って目隠しをし始めた。

よし……これでここに誰がいるのかはわからないはず……。

「んっ……あ、あれ？　真っ暗……え？　な、なんです……これ……」

おっと……もう正気に戻っちゃったみたいだ。

せっかくさせた目隠しを取られる前に、今度はフィギュアを強く握って体を動けなくさせた。

「あっ⁉　えっ、あうっ……う、動けない⁉　んんぅ……ど、どうして……私、またおかしくなってしまったのでしょうか……んんぅ……」

「……お困りのようだね。綾部さん」

「え⁉　だ、誰ですかっ⁉　そ、そこにいるんですか⁉」

隠れている場所からのぞき込むと、彼女が不安そうに唇を震わせているのが見えた。

「す、すみません……今、どういう状況なのかわからないのですが……あ、あの、私、動けなくなってしまって……しかも目になにかを被せられているみたいで、なにも見えないのです……で、できれば助けていただけませんか？」

「へえ、そう……やっぱり見えないんだ」

僕はすっかり安心して、フィギュアを持ったまま、綾部さんの正面に立った。

ああ……やっぱり近くで見ると、すごく可愛いなぁ……。

これからこの可愛い綾部さんを僕のものにできると思うと、興奮でもう股間が膨らんでしまった。

「やっぱりって……。も、もしかして私が動けないのは、あなたが関係しているのですかっ⁉」

「ふーん……察しがいいね。そうだよ。僕が綾部さんを動けなくさせているんだ。だから残念だけど、今の状態から助けることは出来ないね」

動けない彼女の体を舐めまわすように見ながら、手が触れられるくらいの近さにゆっくりと歩みを進める。

「ど、どういうことですか？　いったい……私になにをしたのですか？　んんぅ……と、とにかくやめてください！　こんなよくわからないことを……」

「だからやめられないってば。これから君を僕のものにするまでは……ね？」

「え……？　あっ⁉　な、なにっ⁉　体が勝手に……んんぅっ！」

もう少し実物大フィギュアとして眺めようと思ったけど、誰かに見つかってしまう前に早く彼女を手に入れよう。

とりあえず、もう床に横たわらせるようにフィギュアを動かした。

「あうぅ……背中が硬い……もしかして教室の床……？　え？　な、なんでこんなところで横に……んんぅっ⁉」

さらにしっかりとパンツが見えるように、その場で足を広げさせてみた。

「やっ⁉　やだ……な、なんて格好を……ううぅ……体が勝手に、こんな恥ずかしいことを……ま、まさかこれをやっているのも、あなたなのですかっ⁉」

「もちろん♪　でもイメージどおりだね。綾部さんのパンツ」

「なっ⁉　あ、あうぅ……見ないで……ください……くぅ……」

綾部さんは顔を真っ赤にさせて、脚を震わせる。

多分、閉じようと必死に力を入れているんだろう。

だけどフィギュアの力の前には抵抗できず、めくれたスカートの中には清楚なイメージにピッタリの眩しい純白パンツがしっかりと見えていた。

「あぁ……見ているだけでもうたまらないよ……もう綾部さんのパンツの中身、見ちゃうね♪」

「な、中身って……そ、そんなっ、やめてくださいっ！　だ、ダメです！　私の大事なところを、誰かもわからない人に見られてしまうなんて嫌です……うぅぅ……」

「ふっ……でも見ないとなにも出来ないからねぇ……あっ……」

パンツに指をかけて脱がそうとした瞬間、フィギュアから一瞬、手が離れてしまった。

「あっ……嫌っ！　えうっ⁉」

その一瞬を見計らって綾部さんが脚を閉じようとする。

「おっと……危ない危ない……」

「あぐっ⁉　くんんぅ……そ、そんな……また動けなくなってしまって……くっ……」

しっかり握りしめて、また大きく脚を開かせる。

うーん……フィギュアを持ちながらエッチなことをするのは難しいな……やっぱり、言葉で操ったほうがいいかな？

でもそれをすると意識があまりない状態になってしまって、本当に人形のように反応しなくなってしまいそうだ。

でも、これは生まれて初めての性的な経験だ。

多分、綾部さんもそうだろう。

そんな貴重な体験を、味気なく済ませてしまうのはなんとなくもったいない。

できればしっかりと、僕とセックスしたことを覚えておいてもらいたい。

ちょっと試してみようかな……。

「――このまま意識をしっかり保ったままで……僕とのセックスが終わるまでこの姿勢を維持して」

うまくいくかわからないけど、とりあえずフィギュアに喋りかける。

さて……これで手を離しても、ちゃんと効果が続いてくれるかな……？

本人の様子を見ながらゆっくりと、フィギュアから手を離して床に置いてみる。

「あうっ⁉　んっ……」

「……うん。いいね」

綾部さんの脚はまだ細かく震えているけど、開いた状態は続いていた。

そうか……こうすれば意識を保てるんだ……。

また一つ、賢いフィギュアの使い方を覚えた。

「あう……せ、セックスって……う、ウソ……ですよね？　んんぅ……そ、そんなひどいこと……しないですよね？　ね⁉」

「ウソじゃないよ。僕のものにするって言ったじゃないか。さて……じゃあ、早速パンツを脱がそうね♪」

「い、嫌……嫌ですっ……嫌ぁぁぁっ！」

再びパンツに手をかけた僕は、安心してそのまま素晴らしい手触りのパンツをずらして、脚から引き抜いていった。

「わ、わぁぁ……こ、これがおまんこ……女の子の生おまんこなんだ……」

「い、嫌ぁ……うっ、ううぅ……お願い、見ないでくださいぃ……くうぅ……」

そんなことを言われても、目を離せるわけはない。

何しろ、実際に見るのは初めてだし、その上、相手が学校でもナンバーワンの美少女、綾部さんだ。

鼻先がくっつくくらいに近く、股間に顔を寄せてじっくりと見つめる。

「う……ううぅ……い、いやです……」

荒くなった僕の息が敏感な場所へかかるからか、目隠しをしていても視線を感じるのか、綾部さんは耳の先まで真っ赤にして訴える。

どんなに恥ずかしくても、今の綾部さんは大きく開いた足を閉じることはできず、せいぜいが小さく腰をよじるくらいだ。

僕は安心して彼女の股間を——おまんこをじっくりと眺めた。

「ネットとかＡＶで見たことあるのとは、ちょっと違うね」

あっちは毛がもじゃもじゃ生えていたし、色も黒や紫で、陰唇もめくれていた。

けれども、綾部さんのソコは綺麗な桃色で、ほとんど一本の線のようだ。

陰唇に指を添えると、左右に軽く開いて敏感な粘膜を露わにする。

包皮の中にひっそりと隠れているクリトリスや、針で突いたような小さな尿道口、そしてその下にある膣口。

まさに舐めるように、じっくりと見つめていく。

「ああ……い、いやです。誰にも言いません。このことは、絶対に言いませんから、だから……やめてくださいっ」

必死に訴える綾部さん。彼女の性格や、普段の言動からすれば、嘘をついたりはしないだろう。

でも……もう、遅い。止まれるはずがなかった。

「ひあぁんっ!? な、何をしてるんですか?」

「何って、綾部さんのおまんこをよく見せてもらっているんだけど?」

「ああ……お願いします、やめてください。本当に恥ずかしいんです」

「でも……これから、もっと恥ずかしいこと……セックスをするんだよ?」

「し、したくありませんっ。お願いします。そんな酷いこと考えないでください」

「僕とするセックスって酷いことなんだ?」

「こういうことは、旦那さまと……結婚してからすることです。ですから、お付き合いもしてないのに、こんなことをしたらだめなんですっ」

「……だったら、将来は僕と結婚しようか。それなら、少し早いか遅いかくらいの違いでしかないし」

「どこの誰かもわからない人と、結婚なんてできませんっ。お願いしますっ」

「そう言われても、無理だよ。だって……」

痛いくらいにペニスが勃起している。

今すぐ入れたい。綾部さんのおまんこに突っ込みたい。

僕は強まっていく衝動を抑えきれなかった。

「あ、綾部さん、入れるよっ」

竿を握ると、ペニスを割れ目に何度か擦りつけ、膣口に先端を押し当てる。

「あ……う、うそ……何を、何をするつもりなんですか？」

「何って……セックスだよ、わかるでしょう？」

答えながら、腰を押しつける。

「やめ……あ、あ……！　だ、だめですっ、入ってこないでください……あ、ああっ！」

ペニスがゆっくりと綾部さんの膣を押し広げながら侵入していく。

「う……ぐっ、あ……い、痛いです……痛いんです……やめてくださ……う、うくっ」

痛みに体を震わせている。

「綾部さん、もう少しだから……がまんしててね」

狭くきつい膣へ、ずぶずぶとペニスが埋まっていく。

熱い……。

女の子のおまんこって、こんな感じなんだ。これがセックスなんだ。

ぐっと、腰を突き出す。

「んぐうっ⁉」

亀頭が奥の行き止まりに当たると、綾部さんが苦しげに呻きながら、背中を弓なりに反らす。

「ひ、あ………あ、あ、本当に、入ってしまいました……初めて、だったのに……」

つながった部分を見れば、処女の証が滲んでいた。その思ったよりもはっきりとした赤さに、ちょっとだけ怯んでしまう。

「はあ、はあ……う、酷いです……どうして、私にこんなことをするんですか……?」

「どうしてって、ずっと好きで、憧れていて、どうしてもしたかったからだよ」

「え……」

僕の答えが意外だったのか、戸惑っているのが伝わってくる。

「だから、するよ。このまま、最後まで……やめないから」

そう告げて腰を動かそうと――。

「うくぅっ⁉」

彼女が苦しげなうめき声を上げる。

……そ、そっか。そういえば、入れる前に愛撫とかして、おまんこをもっと濡らしておけばよかった。

とくかく綾部さんとセックスしたい。その思いだけが強く、いくら初めて同士とはいえ余裕がまったくなかった。

……ど、どうしよう？

フィギュアの力を使っても無理だよな？

だったら……。

「脱がすよ」

「え？ な、何を……あ……⁉」

制服の胸元に手を伸ばす。身につけているものを一枚ずつ丁寧に脱がせていくと、大きな乳房を包むブラが露わになる。

可愛らしいデザインのブラをズリ上げようと……ズリ上げようと——。

おっぱいが大きいと、ブラってズラしにくいんだな……。

背中に手を回して、どうにかホックを外し、ブラを脱がせた。

「あ………⁉」

おっぱいが、露わになった。

「うわ……すごい……」

服の上から見ても大きいのはわかっていた。けれども、実際に、こうして生で目の前で見ると感動してしまう。

「い、いやぁ……あそこだけじゃなく……胸まで……もう、見ないください」

羞恥で綾部さんが小さく体をよじるたび、ぷるぷると揺れるおっぱい。

細い体に不似合いなほど大きな双乳は張りのあるおわん型をしている。

「綾部さんのおっぱい……」

手を伸ばして触れる。

「んうう っ！」

「うわ……柔らかい。ちょっと力を入れるだけで、指が埋まってくよ……」

これが、女の子の――綾部さんのおっぱい。

すべすべであったかい。その上、柔らかいのに弾力がある。

手触りを楽しむように、むにむにとおっぱいを揉み続ける。

「う、あ……ううっ、い、いやですっ。胸、触らないでください……」

「どうして？　こんなに大きくて、柔らかくて綺麗なんだし、男なら誰だって触りたくなるよ」

「好きでもない……その上、どこの誰かもわからないような人に触られるのは嫌です」

……それもそうか。

「でも、少しは気持ちよくならない？」

「なりませんっ。嫌なだけです……気持ちよくなんてありません」

口先だけの抵抗。本当は感じているんだろう？

……なんてことは、どうやらなさそうだ。

本当に心のそこから、嫌だと思っているんだろう。

しかたがない。愛撫は諦めよう。それよりも、最後までセックスをして、それを映像に収めるほうを優先したほうがよさそうだ。

「じゃあ……おっぱいを触るのはやめるよ。それじゃ……動くよ！」

綾部さんの両手をしっかりと掴み、体を惹き寄せる。

二の腕の間に挟まれ、それでなくとも大きなおっぱいが寄せられ、さらに強調される。

ゆっくりと腰を引く。

膣襞とカリが擦れ、軽い痛みさえ感じるくらいに締めつけてくる。

亀頭が抜ける直前までできたところで、再び、奥へとペニスを押し込んでいく。

奥まで入れてから、逆に抜けきらないところまで引いて。

ゆっくりとした動きで、何度も何度も、ペニスで綾部さんのおまんこの中を擦っていく。

「うくっ、あ………んう、い……痛い、です……動かないでください……」

粘膜通しが擦れ合い、ぴりぴりとした小さな痛みが走る。

快感はないのか、おまんこはまだ濡れていない。

でも鈴口から滲む先走りが、膣道とペニスを少しずつ湿らせていく。

「う……うくっ、う………あ、痛いんです……本当に、痛いの……もう、やめてください……う、あ……」

綾部さんが苦しげに訴える。反射なのか、無意識の反応なのか、体が小刻みに震えている。

「はあ、はあ……う、く……綾部さんのここ、すごくキツいよ……う、あ……」

いきなり激しくは動けない。それが良かったのかもしれない。

ペニスの行き来をくり返しているうちに、膣内がわずかに潤んできた。

敏感な場所が傷つくのを防ぐための、生理的な反応だというのはわかっている。

でも、綾部さんだって自分の体のことだ、もう、気付いているはず。

「綾部さんのおまんこ、濡れてきたね。こんなに早く……セックスに慣れてきたのかな？」

「そ、そんなことは……」

ない、と断言するには、綾部さんは性知識が足りなすぎる。

「おっぱいだってそうだよ。ほら、乳首も……硬くなってきてる」

たぷたぷと揺れるおっぱい、その先端の乳首をはむっと口に含む。

「んうっ!? あうっ、ぬるぬるして……う、あ……舐め、ないでください……うくっ」

唾液をたっぷりと塗り込みながら乳首を舐め回す。

刺激された乳首が、性感とは関係なく勃起していく。

「ほら、こんなに簡単に乳首が硬くなってる。これ、弄ってほしいってことだよね？」

「そ、そんな……」

自分の体が、自分の意志に背いて反応してしまう。

そのことに戸惑い、驚いている。

冷静なら、反論もできたかもしれない。でも、いきなり呼び出され、目隠しをされた状態で、どこの誰ともわからない人間とセックスをしている。

そんな状況で正しい判断なんて下せるはずもない。

「信じないならいいよ。ほら……こっちも、ぎゅうぎゅう、ちんぽを締めつけてきてるし」

今まで以上に腰を使う。

より強くなった刺激に対応するかのように、愛液がさらに滲む。

「う、あっ、い、嫌です……私、こんなことしたくないです……されたくないのに……うくっ、それなのに、どうして……」

「どうしてだろうね……！」

本当は、もっと時間をかけて、追い込んだほうがいいはず。

でも……もう、無理だ。

だって……知らなかった。セックスって、こんなに気持ちいいなんて……！

必死に耐えていたけれど、限界が近い。

「う……すごい、綾部さんのおまんこ……キツくて、擦れて……気持ちいいよ……！」

実際にセックスをしたら、大したことなかった……なんて話を聞いたことがあった。でも、そんなことは決してない。

気持ちいい。

めちゃくちゃ、気持ちいい！

「綾部さん……いいよ、すごい……気持ちいい……！」

初めてのときはできるだけ優しくすべきだとか、出し入れはゆっくりのほうがいいとか、事前に仕入れていた情報は、圧倒的な快感の前にすべて吹っ飛んでしまっていた。

「はあ、はあ、綾部さん、綾部さん……！」

単調だけれど、大きく、速く、腰を前後に動かす。

「うっ、うっ、んうっ、うくっ、あ、くっ、うあ……！　あ、あっ、激し……すぎますっ、そんなに動かないで……痛い……うあっ、痛いんです……」

苦しげで、そして悲しげな声。

胸を愛撫しながらも僕は腰を動かし続ける。

膣道をカリでひっかき、体奥をコツコツと突き上げる。

「うくっ、う、うっ、ううぅん…………あ、あくっ、い、痛い……早く、終わってください……うう……」

「はあ、はあ……出るっ、出るよっ、綾部さん、僕……もう、出る……！」

「うくっ、う、あ……出るって、精液、ですか？　んんっ、だ、だめですっ。出さないでくださいっ」

もっと続けてほしいのかな？

一瞬、そんなことを考えてしまう。けれども、それはまったくの見当違いだった。

「はっ、はっ、中に、出されたら……赤ちゃん、できてしまいますっ。お願いします、出さないでくださいっ、やめてくださいっ」

ああ……そっか。その可能性があるんだ。

でも――。

「だめだよ。僕、もう……がまんできない……！」

「え………？」

「綾部さん……!!」

目の前がチカチカするような快感。全身から一点へ、熱が収束し、そして――。

ぐっと、腰を押し出す。

亀頭が綾部さんの膣奥に触れた瞬間――快感が弾けた。

「うあああ！」

どぴゅるるっ、びゅぴゅうっ、どぷん、びゅくん！

「ひっ、あ、あ、出てます……私の体の奥に、あ、だめってお願いしたのに、んんっ、たくさん、出てます……」

目の端に涙を浮かべ、いやいやするように頭を振っている。

「う……く、あああ……綾部さんっ！」

僕は綾部さんの体をぎゅっと抱きしめ、より密着する。

ペニスをより深く押し込むと、玉の中が空になるまで精液をおまんこに放出する。

「酷い……本当に、私の中に……出すなんて………う、あ、は、あぁぁあ………」

膣内射精されたことで、抵抗する気力もなくなったのか、抱き締めた綾部さんが脱力する。

「う、ふぅ………綾部さんの中に、全部……出たよ……」

射精を完全に終えると、僕は綾部さんから離れた。

「これで、やっと………んぅん、あ、あ……はあぅ………」

ペニスを引き抜くと同時に、膣口からこぽりと、精液が逆流して溢れた。

「さてと……これでもうセックスは終わりだよ。僕たちの初めてのセックス……とっても気持ち良かったよ」

「うっ、ううぅ……私は痛いだけでした……こ、こんな最低で最悪な初めてになってしまうなんてぇ……うぐっ、うっ、ううぅ……」

目隠しを取らずに、綾部さんはその場でまだ、肩を震わせて泣いている。

確かにとっても痛そうだったし、誰だかわからない男に処女を奪われたら泣いちゃうよね……。

でもこのままここに放っておくわけにはいかない。

「――とりあえず、今日この場でセックスをしたことは一生、誰にも言わないこと。そして服を整えて家に帰るように」

彼女が目隠しを取る前に素早く隠れ、フィギュアを握って語りかけた。

「あうっ!?　あっ…………んっ……」

すると今まで泣いていたのがウソのように、ピタリと泣きやんだ。

そしてそのまま乱れた服を整え、破瓜と精液がまだ残る股間に僕が脱がしたパンツをしっかりと穿いて、教室からゆっくりと出ていった。

これで口止めもしたし、途中で誰かに余計なことを言わずにまっすぐ家に帰るだろう。

「さて……こっちもちゃんとしておかないと……」

僕はそのまま少し残って、床に垂れた血液混じりの精液を適当に処理して教室を出た。

ああ……でも本当に綾部さんとセックスしたんだな……。

きっと今の僕を誰かが見たら、ものすごく気持ち悪いと思うだろう。

つい彼女のおまんこの感覚を思い出してしまって、ニヤニヤが止まらなかった。

でもこれでフィギュアの力が正真正銘の本物で、僕みたいなやつでもしっかり使いこなせることがわかった。

これがあればいつでも好きなときに、どんなことでもできるんだよね……。

「ふ……ぐふふふふ♪　明日からも楽しみだな……」

ああ……早くまた学園で会いたい。そしてまたセックスしたい！

興奮でまた股間がキツく膨らむの自覚しながら、早く明日にならないかなと思いつつ、寄り道もせずに家路についた。

素敵なコレクションのために

「あー……綾部は欠席と……で、次は——」

出席を確認する先生がさらりとそうつぶやいた。

…………え……？

その待ちに待った翌日だったが、僕の思った通りにはいかなかった。

確かに今日は朝から待っていても来なかったので、おかしいなとは思っていたけど……

まさか休むとは思わなかった。

やっぱり昨日のセックスがショックだったのかな……？

そう思うと心がチクリと痛んだ。

このフィギュアを手に入れたせいで、つい嬉しくて舞い上がり、無理やりにシてしまったけれど……やはり綾部さんの気持ちを考えなかったことは良くなかった。

ふと冷静になってみて、改めてそう思った。

綾部さん……今、なにをしているんだろう……どんなことを思っているのかな……。

「……知りたい……今、どんな気持ちなのか……」

机の下で隠すようにして準備していたフィギュアを強く握りしめ、小さな顔を見つめながらポツリと呟いた。

『――悲しいです……』

「へ⁉」

突然、どこからか聞こえてきた女の子の言葉に、つい声を出して反応してしまった。

慌てて周りを確認する。

だけど周りは普段通りに机に座り、誰ひとり僕を見ていなかった。

まあ、当然だよね……。

理由もなく僕に話しかけてくる女子なんて、いるわけない。

いるとすれば優しい綾部さんくらいなもので――。

『悲しくて、悔しくて……すごく辛いです』

あ……フィギュアが喋ってる⁉

手に握るフィギュアの、小さな顔に付いている口が勝手に動き、近くで聞かないと聞き取れないくらいの小さな声でそうつぶやいていた。

『私は汚されてしまいました……もうお嫁にいけません……なぜ私がこんなことに……あんなひどいことをしたのはいったい誰だったのでしょう……絶対に許せません……』

これってもしかして、今の綾部さんの気持ち……なのかな？　よく見ると心なしか表情まで、なんだか暗くなっている気がした。

もしかしてこれに聞けば気持ちまで教えてくれるのかな……やっぱりこのフィギュアってすごいな……。

新しくわかった機能に驚きながら、軽く感動した。

『ああ……もうあんなことをされてしまった学校なんて行きたくないです……このまま私、登校拒否してしまいましょうか……』

そ、それはダメだ！

そんなことになったら、周りが騒ぎ出して余計に目立ってしまう。

もちろん口止めはしているけど、でもそれだけでは完全には安心できない。

例えば誰にも言わないと言っておいたけど筆談では？　おかしいと思った両親が病院に連れて行ってそこから僕の精液が見つかったら？

いつかふと、僕の思いもよらない方法で彼女が無理矢理セックスさせられたことがわかって、犯人として見つかってしまうことがあるかもしれない！

小心者の僕はもう不安でいっぱいになってしまった。

そうならないようにもう、常に僕の側において監視しておきたい。

でも、どうしたらそんなことが……。

「……できる。今の僕ならできる……」

そう……これがあれば、綾部さんは僕から逃れることは出来ないんだから……。

でも監視するためには、まず彼女には学校へ来てもらわないといけない。

悲しい顔をしているフィギュアを握りしめながら、どうやって操ろうか思い悩んだ。

「――ねえ？　美咲からなにか聞いてる？」

「ううん、なにも。メールの返事もないんだよね……そんなに重い風邪なのかな……」

「ちょうど先生から渡されたプリントもあるし、様子を見に帰りに家まで寄ってみようか？」

いつもの周りにいる女子が、そんなことをヒソヒソと話している声が聞こえた。

…………よし、いいぞ……。

さすがにそこまでしたら本当にストーカーになってしまうとためらって、まだ彼女の家がある場所は知らなかったけれど……でも、もう背に腹はかえられない。

そうして放課後に、彼女たちを尾行することにした。


「――あ……え？　ここって確か……あっ⁉　な、なんでっ⁉　ううぅ……なんでこんなところに私はまた来てしまったのでしょうか……」

放課後……と言ってももうかなり時間は遅く、夕日は沈み、辺りは暗くなり始めている。

そんな物寂しい空き教室で、綾部さんは戸惑いながら震えていた。

きっと怖いに違いない。

昨日の処女を喪失した記憶。そしてなぜ、その喪失した場所にわざわざ来てしまったのかが、わからないからだと思う。

窓越しでも視認できたら、フィギュアの効力が出ることはわかっていた。

なので優しい彼女の友達のお陰で家がわかった僕は、家の周りの物陰からじっと彼女の部屋の窓を眺めていた。

そしてカーテンを閉めようと彼女が窓の前に立った瞬間を狙い、フィギュアに話しかけて操ったのだった。

こうして再びまた綾部さんと直接会うことができた。後はどうやって常に僕のそばにいるようにするかだけど……。

昨日も隠れていた教室の隅から、綾部さんを覗きこんでフィギュアを握りしめる。

ここでしっかりと操っておけば、きっとうまくいく。

でもこんなに頼ってばっかりでいいのかな？

しかも、僕がこれからしようとしていることは、とくに気持ちを大事にしないと……。

「………やっぱり……自分で言ってみよう」

フィギュアをポケットに優しく入れた。

「あ、あの……綾部さん！」

「きゃあぁぁっ!?　だ、誰ですかっ！」

突然現れた僕の姿に、当然驚き後ずさる。

「ぼ、僕だよ。ほら、荒田……荒田正勝。同じクラスの……」

「え？　荒田……くん？」

正体がわかったからか、少し落ち着いてくれる。だけど警戒する態度は変わらなかった。

「な、なぜあなたがここに？」

「あ……えっとその……実は綾部さんに言っておきたいことがあって……それでこんなところに呼びだしちゃったんだ」

「呼び出した……？」

「そうだよ？　覚えてないかな……今日の放課後にいつでもいいからって。でも良かった。ちゃんと来てくれて」

「え？　そ、そうでしたか？　うっ……すみません……最近たまに記憶が曖昧になってしまうことがありまして……そうですか……私は呼び出されたからここへ来たのですか……」

もちろんそんな話は僕がでっち上げたものだ。

だけど今の綾部さんにはそれで十分だったみたいで、自分がここに来た理由を納得させようとしているみたいだった。

よし……ここまではいい。後はいつも僕の側にいさせるために言ってしまおう！

人はなにかショックなことがあると、誰かに頼りたくなるものだ。

とくに女の子の場合、傷心のときはガードが緩み、そのときに優しく声をかけてくる男にコロリとなびく！

そうレディコミやエロマンガで学んでいた僕は、このチャンスに綾部さんを正真正銘の彼女にするべく、勇気を出して一歩踏み出すことにした。

「綾部さん！　僕は……僕は君が好きです！　だから付き合ってください！」

「お、お断りします……」

「…………あんれぇーー？」

思わず僕は綺麗に九十度、首をかしげてしまった。

なにがいけなかったのかな……？

やっぱりアレか？　そういうのは『ただしイケメンに限る』的なものじゃないとダメってことなのか!?

「だ、だってあなた…………昨日、私を襲ったのはあなたですよね？　声がそっくりです……」

「あ……」

ああー……そりゃあダメだよね……うん……。

「……その反応、やっぱり……やっぱり荒田くんが私を襲った犯人だったんですね！ ひ、ひどい……ほんとにひどすぎます！ 私は絶対あなたを許しません！ まずは先生にこのことを——」

「ちょっと黙ってくれるかな？」

「えうっ⁉ くむうぅぅっ⁉ うむっ！ んんんぅーー⁉ んっ、んっ！」

フィギュアを握りしめながらしゃべると、綾部さんの口が開かなくなった。

ついでに強く握って体をしっかり固定させる。

「うん……まあ結局、こうなっちゃうよね。所詮、僕ごときじゃねぇ……」

自分でもすごく無理があるなーとは少し思っていたけれど、ここまでの奇跡的な幸運の波に乗って、案外勢いで告白も成功しちゃうんじゃないかなーと、良くわからない根拠を持って甘い期待をしてしまっていた。

だけど、その結果がご覧のありさまだ。

「やっぱりこれがないと僕はなにも出来ないんだよね……」

ポケットに入れていたせいで、ちょっと乱れてしまったフィギュアの髪を優しく撫でる。

「んぐぐっ⁉ んっ！ んんーーっ！」

綾部さんはなにを言っているのかわからないけど、その瞳は思いっきり僕を非難している。

でももうここまできたら、堕ちるところまで堕ちてやる。

「——喋ってもいいよ。ただし叫ぶようなことはしちゃダメだ」

「んあっ⁉ あっ、声が出せる⁉ ど、どういうことなんですか？ いったいあなたは私になにをしたのですか？」

「うーん、そうだね……簡単に言うと、僕は君を自由に操れるようになったんだ。だからもう綾部さんは僕のものなんだよ。でもね……きっと君はそれを知っても抵抗しようとするだろうし、誰かにどうにかして伝えようとするよね？ だからそう出来ないように、ベタだけど恥ずかしい映像を撮って脅そうと思うんだ……」

フィギュアを持ったまま、僕は用意していた三脚を立てた。

「え……は、恥ずかしい？ 脅す……？ ま、待ってください、荒田くん……あなたは今、なにを用意しているんですか？」

「だから撮影会だよ。綾部さん自らが張り切ってやっちゃう、恥ずかしいオナニーショーのね」

そう言ってバッテリーをフル充電したカメラを綾部さんに向けた。

「なっ⁉ お、オナ……うぅ……だ、誰がそんなことを……わたしはそんなことしませんから……」

「へぇ……でもオナニー自体は知ってるんだね？　清楚で天然で処女だった綾部さんでも、それは知ってるなんてちょっと意外だなー♪」

「あうっ……そんなこと……く、詳しくは知りませんからっ！　んんぅ……」

そう言っているけれど、顔を真っ赤にさせていた。

「へぇ……じゃあ、最初は自分の知っているオナニーのしかたでいいから、カメラの前でやってみてよ。あっ……もちろん意識はそのままでね。じゃあそこに置いてある椅子に座って」

「ええっ⁉　なっ、くうぅ……ま、また体が勝手に……きゃうっ⁉」

抵抗しようとしてとどまろうとしたみたいだけど、逆にその行動が姿勢を崩させて、ペタンと勢い良く椅子に座ってしまい、スカートがひるがえって、綺麗な肌色の太ももが見える。

だけどそのスカートを直すことは、もう彼女には出来ない。

「それじゃ、さっそくオナニーをしてもらえる？」

「い、いやです……そんな恥ずかしいこと、したくありません」

綾部さんはそう言うと、僕を睨みつけてくる。

普段のぽわっとした性格もあるんだろうけれど、迫力はない。

美少女は怒っていても可愛いんだな、と思うだけだった。

「したくなくても、しちゃうから。抵抗しても無駄だと思うよ？」

僕の言葉を聞いたからじゃないだろうけれど、綾部さんの手がゆっくりと動いていく。

「あ……い、いやです。やめてください。そんな、恥ずかしいこと、本当にしたくないんです」

いやいやするように頭を振っている。

けれども、綾部さんの意志を無視して、その両手が胸に触れた。

「ん……」

綾部さんのオナニーを見られる！

憧れていた女の子のオナニー姿だ。そのことに、僕は激しく興奮してしまう。

「ふぅ、ふぅ……綾部さん、して。オナニーしてっ」

「ああ……」

絶望したように目を伏せると、彼女はゆっくりと手を動かし始めた。

制服の上から、大きな膨らみを優しく撫で回していく。

「うう……恥ずかしいです。見ないで、見ないでください……」

口で抵抗しつつも手の動きは止まらない。

小さな手の平では包みきれない乳房を、円を描くように撫で回し続ける。

「ん……………う、あ…………」

綾部さんの目の端から涙が零れ、頬を伝う。

本当に嫌なんだな。ちょっとだけ胸が痛む。けれども、放っておけば身の破滅の可能性がある。

ここは心を鬼にして、ちゃんとオナニー姿を録画しておかなくちゃ、と思っていたんだけれど……。

「ふ…………は、あ…………」

さっきから、おっぱいを撫でているだけだな。

「あ、あの……綾部さん、オナニー知ってるんだよね？」

「…………」

僕の問いかけに、綾部さんは答えない。

フィギュアを握り、もう一度、同じことを問いかけ、答えるように言うと今度は返事があった。

「知ってます。今……している、とっても恥ずかしいことです」

綾部さんにとって、おっぱいを自分で撫で回す。それはたしかにとても恥ずかしいことなんだろう。

顔は真っ赤だし、恥辱に体を震わせている。

でも……。

「ええと、他のやり方は知らないのかな?」

「他の……他に、やりかたなんて、あるんですか?」

きょとんとした顔で、逆に聞きかえされてしまった。

セックスはした。

けれども、あれは体の動きを制限された上で、僕が好き放題にしただけだ。

綾部さんの性知識って、僕が思っている以上に少ないんじゃないだろうか。

「はあ………いつまで、こんなこと、させられるんですか? もう、やめてください」

「いつまでもなにも、まだ始まってないと思ってたからなぁ……」

「え? どういうことですか?」

驚いている綾部さんの顔を見て、僕は確信した。

これは本気で知らないみたいだ。

だとしたら……僕が、教えてあげるしかない。そう——綾部さんに、オナニーのしかたを。

「足を開いているでしょ? 股間——割れ目のところを指でゆっくりと擦って」

「お風呂でも、女の子の日でもないのに、そんなところに触るなんて……あ、あ……だ、だめですっ」

フィギュアを操って、手を股間へと向かわせる。

「ああ……」

悲しみに目を伏せながらも、綾部さんは自分の股間をゆっくりと撫でていく。

「ん………う、こんなところを触るなんて、汚いです……ん、あ………う、くっ」

あれ？　あまり気持ちよさそうじゃないな。

「ふぅ、ふぁ………う、く……まだ、ジンジンして……少し、痛いです……ん、う
………」

そっか、セックスしたばかりで、まだ少し痛みがあるのか。

せっかくの初オナニーなのに、嫌な思い出にするわけにはいかないよね。

だったら、まずはおっぱいで気持ちよくなってもらおう。十分に感じてからなら、痛みよりも快感のほうが強くなるだろうし。

「じゃあ、綾部さん。一度、手を止めたら制服の上をはだけて。おっぱいを出そうか」

「あ、あ………い、いやですっ。見ないでください。お願いします、見ないでくださいっ」

抵抗していても、綾部さんは自ら制服をはだけ、ブラを外す。

「あぁ………」

大きなおっぱいが、ぶるんっとまろびでる。

「うわ……やっぱりおっきいよね。それに、乳首も桜色で綺麗だし……」

見るのは二度目だけれど、僕の視線は綾部さんのおっぱいに釘付けだった。

「そんなこと、言わないでください。もう、許して……これ以上、酷いことしないでください」

「酷いだなんて……これから、すごく気持ちよくなってもらうだけだよ？」

「こんなことをして、気持ちよくなんてなりません」

オナニーの経験がないし、セックスでもイッたわけじゃないから、しかたないか。

「じゃあ……最初は、両手でゆっくりとおっぱい全体を撫でて。さっきよりも大きく円を描くみたいな感じでね」

指示をすると、綾部さんが自分のおっぱいを撫で始める。

「う……い、いやです……どうしてこんなことをしなくてはいけないんですか……？」

小さな手が大きな胸を押し込み、円を描くように撫で回していく。

「気持ちよくならない？」

「くすぐったいですけれど……気持ちよくなんて、なりません」

うーん……たしかに、乳首も普通の状態のままだし、戸惑ったような顔をしているけれど、気持ちよさそうには見えない。

「次は、先っぽの部分を弄ろうか。乳首のところ……乳輪を指でゆっくりと撫でて。時々、乳首を軽く擦ってみて」

「こんなことをしても、何もかわりませ…………んんっ!?」

綾部さんが小さくのけぞる。

「い、今のは……ん、ふ…………あ、い、いや……やめてください。先のほう、擦れると……あ、あ…………ん、ふあぁ…………」

自らの手で乳輪を撫で回し、乳首を擦る。

さっきよりも刺激が強くなったのか、綾部さんは戸惑いながらも、小さく声を漏らし始める。

吐息は熱を含み、頬が赤くなっている。

「変な感じです……胸が、ジンジンして……体が熱くなってきて……これは、なんなんでしょう……?」

「感じるっていうんだよ。そのまま続けて、どんどん気持ちよくなるから。あ。胸全体を揉んだり、刺激に変化を付けてみてね」

「あ……ふ…………ん、うぅん…………ん、んふっ、こんなこと続けたら……あ、あっ、変な感じが強くなって……はあぁぁ……あ、あっ」

綾部さんが乳房全体を捏ね、乳輪を撫で回す。刺激に反応したのか乳首が膨らみ、自己主張を始める。

「あぁ……乳首が硬くなってきました……んっ、擦ると、さっきよりも、ジンジンして……は、あ、あ、あぁ……」

指の腹で乳首を擦るたび、ぞくぞくと体を震わせる。

「だいぶ、気持ちよくなってきたみたいだね」

「気持ちよく……？　わかりません……でも、胸が熱くなって、なんだか……頭がふわふわしてきて……ん、はあぁ……」

目は潤み、頬は赤い。はあはあと零れる吐息には、艶が混じっている。

このままでも十分だけれど、恥ずかしい姿を録画するなら、もっと大胆なことをさせたほうがいいよね。

それにオナニーでイクところまで撮っておいたほうがいいし。

「それじゃ、もっと気持ちよくなろうか」

「はあ、はあ……もっと、ですか……？　もう、いいです。もう、やめてください。今も、変なんです。これ以上、変になりたくありません。私、怖いんです。だから……」

初めての快感に、綾部さんは戸惑っているみたいだ。

「大丈夫だよ。気持ちよくて癖になっちゃうかもしれないけれど」

「あ……い、いやです……これ以上、私を変にしないでください……」

綾部さんが弱々しく訴えるけれど、ここで止めるつもりはなかった。

見たい。天使のような綾部さんが、自分の手で、いやらしく感じる姿を見たい。喘ぎ声を聞きたい。

「おっぱいを持ち上げて、乳首を口に含んで。唾液をたっぷりと塗りつけるみたいして舐め回して」

綾部さんくらい大きなおっぱいなら、できるはず。

自分の乳首を舐めながら、イッてもらおう。

「あ……あ……そんなこと、できません……」

やっぱり嫌なのか。

でも、それも無駄な抵抗だ。

フィギュアを握り、綾部さんの体を操る。

「あ……む、ちゅ……れるっ、れろ、れるる、ちゅ、じゅる……れるっ、んんんっ、んふっ、れるんっ」

乳輪をなぞるように小さな舌が這う。

すっかり硬くなっている乳首を舐め回しながら、綾部さんは軽く背中をのけぞらせる。

「よし、いいよ……もう片方の手は、空いているほうのおっぱいの乳首をつまんで、引っぱって、クリクリ擦って」

「んんんっ！」

指示した通りに、綾部さんは自分のおっぱいを責めたてていく。

「んっ、んふっ、れるるっ、じゅるっ、ちゅ、ちゅるるっ、ん、んふっ」

「いい感じだね。おっぱいは、交互に口に含んで、両方をちゃんと舐めて、吸ってね」

「ぷあっ、ひどい、です……やめてください……あむっ、れるるっ、ちゅぱっ、ちゅぴ、じゅるるるっ」

右の乳首から左の乳首へ。

唾液に塗れて、色味を増した先端を指が撫で、擦りあげる。

すごい、エロい……。

あの、綾部さんがおっぱいを激しく責めてオナニーをしている。

その光景を前にして、ペニスは硬く反り返り、触れてもいないのに今にも射精しそうなくらいに興奮する。

「れるっ、れろろっ、ちゅむ、ちゅぴ……んっ、んっ、じゅるるっ、ちゅぱっちゅぴっ」

自分の乳首を舐めながら、綾部さんが昂ぶっていくのがわかる。

けれども、初めてのオナニーで乳首だけの刺激ではイキきれないみたいだ。

股間に目を向けると、愛液が滲み、パンツの中心の色が少し変わっていた。

「……おまんこが濡れて、クリトリスが勃起してるね。そこをパンツの上から、引っ掻くみたいに何度も擦ってみて」

「ひゃ、ひゃい……んっ、れるるっ……んんっ、んうううっ！　んうっ、ん、ひょこ、らめれふ……んっ、あ、あっ、へんれふ、へんになっひゃいまふ……んうううっ」

　クリを弄るのに合わせ、腰を小刻みに前後させる。

　羞恥と快感。今までまったく知らなかった刺激に、綾部さんは処理しきれないのか、目が虚ろだ。

　けれども、まるで微笑しているような顔を見ると、感じているのは間違いないみたいだ。

「そのまま……何も考えられなくなるくらいに、気持ちよくなるまで続けて」

「じゅぱっ、ちゅぷっ、い、いひゃれふ……んあっ、もう、やめれください。あむっ、じゅちゅううっ、おひゃひくなっれひまいますっ、んっ、んっ、んふうぅうっ」

　全身が小刻みに痙攣する。

　フィギュアを操り、手を止めることを許さない。

「ほら、もっと強くクリトリスをカリカリしながら、乳首を舐め回して、強く吸い上げて」

「んっ、ちゅ、ちゅぱっ、ちゅむ、じゅるるっ、ちゅむっ、ちゅぷっ、ちゅううっ」

　すっかり大きくなった乳首に舌を這わせ、強く吸い上げる。

　パンツの上からもわかるくらいに勃起しているクリトリスを指で何度も引っ掻く。

「んーっ、ん、じゅるるっ、ちゅむ、ちゅううっ、んぐっ、ん、んっ、んっ、んうううっ！」

目を硬く閉じ、全身を強ばらせる。

「いいよ。口を離しておまんこイクって言いながら、イっちゃって」

「ちゅ、ちゅむ……ぷあっ！ あ、あ、あ、あ、あ、あああ……おまんこ、いく……んんっ！ イキます、おまんこっ、イクぅううう！」

びくんっと、綾部さんの体が大きく跳ねた。

「んっ、ふあああああああああああああっっ!!」

淫らな喘ぎ声を上げ、綾部さんが絶頂を迎える。

「はひっ、ひううぅ、んんぅ…………あ、ああ…………あ、ふ…………」

がくりと脱力すると、そのまま椅子に背を預け、大きな胸を上下させる。

「あ……わらひ、いま……なにも、わからない…………。いまの、なんらったんれふかぁ……？」

ろれつが回っていない。

「それが、イクってことだよ。すごく、気持ちよかったでしょ？」

綾部さんは視線を逸らすだけで、何も答えなかった。

「くっ、うぅ……あなたは……あなたは私が知る中で最低な人です！ どうしてこんなひどいことができるのですか？　ひとでなしです！」

オナニーで初絶頂してからしばらく。

この映像がばら撒かれるのは怖いはずなのに、綾部さんはまだそう言って僕をキツく睨んできた。

「へえ……そんな顔もするんだね、綾部さん……」

今までに見たことのないその表情はすごく新鮮だ。多分、学園の誰も見たことがないんじゃないかな？　こんな怒り顔は。

「当たり前です！　私は怒っているんです……いいえ、これはもう激怒しています！」

でもしゃべり方は丁寧だから、あまり怖くない。むしろこういう怒り方は……。

「あ……可愛い……というかなんだろう……ちょっと綺麗……かな……」

「なっ⁉　あ、あなたは……私のことをバカにしているんですかっ⁉」

「違うよ。むしろそういう感情を見せてくれて感謝してるんだよ」

「か、感謝ですか……？」

「うん。だって僕のためにこれほど感情をむき出しにして怒ってくれてるんだもん。しかもやっぱり美人だからどんな表情をしても画になるし……あぁ……こういう表情をフィギュアにするのもいいかもしれないなぁ……」

「あ、あなたはいったい、なにを言っているのですか……は、話していることがわかりません……」

　当然、綾部さんに僕の趣味を理解できるはずはなく、まるで僕を未知の生き物でも見るかのように、少し怯えた顔で見た。

　うん……まあこれくらい、ちょっとおかしい頭の持ち主だって思われたほうが、脅しにはなるかな…………実際、かなり素なんだけどね。

「……さて、じゃあ僕と綾部さんで今後の約束を決めようか？」

「え？　や、約束……？」

「うん。でも難しいことじゃないよ？　単に、明日からはちゃんと学園に登校するようにして欲しいんだ」

　さすがに毎回、家の部屋をじっと見て、操るタイミングを狙うのは非効率だし、万一近所の人にでも通報されたら、制服姿の怖いおじさんたちに『ちょっとお話しを――』と、長い時間お世話になってしまうこともあるだろう。

「と、登校……ですか……そ、それだけ……ですか……？」

「うん。もちろん病気や怪我ならしかたないけどね。でも、どうしても無理じゃないのに休んだら……」

「……な、なにをさせる気ですか……」

「そうだね……全裸で登校させちゃうからね？　これは冗談でなく本気だから」

フィギュアを片手にまた腕を上げさせてみる。

「ひっ⁉　い、嫌ですっ……やめてください、そんなこと……」

もう十分にこの効果を、身をもってわかったからか、すっかりさっきの勢いはなくなっていた。

「わかりました……あなたの言うとおりにします……約束しますから……」

「うん。ありがとう綾部さん♪」

ちゃんと約束してくれたので、一旦フィギュアから手を開放する。

「あうっ⁉　んっ……なんでこんなことに……うぅ……」

「じゃあ時間も遅いし帰ろうか。ちゃんと送っていくから安心してね。あ、その椅子のシミとかは明日僕が綺麗にしておくからいいよ。じゃあ早く行こう♪」

「うっ………は、はい……」

一瞬、すごくためらったけど、もう諦めたのか小さく頷いて、綾部さんは素直に僕とともに教室を出た。

うん……いいね。結果はともあれ、これで僕の側にいつも置いておけるぞ。まるで付き合っている彼女みたいにさ……。

約束してからは、綾部さんはちゃんと学校に出てくるようになった。

復帰してから数日は、気落ちしたような態度を取ったり、僕を見てびくついたりしていた。

彼女の周りには過保護なくらいな女子たちがたくさんいる。僕と何かあったなんて疑われるのはまずい。

しかたないので、僕との関わりがバレそうなことをするたびに、フィギュアを使って話し合いという名のエッチなおしおきをくり返した。

人気のない廊下を下着姿で歩かせたり、女子トイレで隠れてオナニーさせたり。

直接的な行為は何もしなかったけれど、ここ数日で綾部さんには、かなり恥ずかしくて、気持ちいいことをたくさんしてもらった。

そのおかげもあってか、今はどうにか以前と同じように過ごせるようになった。

疑われないように時間をおいたほうがいい。それはわかっていた。でも——僕は、セックスの快感を知ってしまった。

ここ数日、自分でもよく我慢をしていたと思う。

けれど、養護教諭が留守だと知って、それも限界を迎えた。

一度、帰宅する振りをさせてから、綾部さんを放課後の保健室へと呼び出した。

もちろん、目的はセックスだ。

「………もう、やめてください。私、本当に誰にも言いませんから」

「言わないんじゃなくて、言えないんだよね？　だって……」

フィギュアを使って、綾部さんを操る。

「あ……やめてください……あ……い、いやですっ」

制服をはだけ、下着を脱ぎ、あっという間に生まれたままの姿になる。

「すごい……綺麗だ……」

思わず見惚れてしまうくらいに、綺麗だった。

羞恥に顔を真っ赤にして、目を伏せ、唇を引き結んでいる。

白く細い肩に手を置き、完璧な造形をなぞるようにゆっくりと手を這わせていく。

くびれた腰、張り出したお尻。細く長い足。

僕が集めていた、男の理想を詰め込んで作られた、さまざまなアニメやゲームキャラクターのフィギュア。

綾部さんは彼女たちに引けを取らない……いや、それ以上のスタイルの良さだった。

初めてのセックスは上手くできたとは言えない。

だからこそ、今日は……ちゃんとしたセックスにしたい。

綾部さんに、おしおきでオナニーをさせたのも、快感に慣れてもらって、感じやすくなるようにという目的もあった。

大きなおっぱいを、下からすくい上げるように持ち上げる。

「ん…………」

手の平に感じる心地の良い重み。

ゆっくりと、優しく全体を撫でて、揉んでいく。

「は…………う、く…………んんっ」

初めてのときに教えたように、綾部さんはオナニーのたびに乳首を舐め、吸い、刺激し続けていた。

一度、快感のラインができたからか、以前よりも敏感に愛撫に反応を返してくれる。

たぷたぷとおっぱいを揉んでいると、乳輪がぷっくりと膨らみ、乳首が軽く勃起してくる。

「おっぱい、弄られると気持ちいい……？」

「…………そんなこと、言えません」

僕の問いかけに、綾部さんは顔を真っ赤にして答えない。

その反応を見れば、充分なんだけどね。

乳房全体から、乳首への愛撫に切り替える。

半勃起状態の桜色の先端を指で軽く押し込み、コシコシと擦る。

「ふあっ！　あ…………んっ」

思わず漏れた甘い声を聞き、綾部さんは慌てて唇を噛みしめる。

無理して我慢しないで、気持ちよくなってほしいんだけどな。

「んん……ふ、うくっ、んっ、んっ……！」

声が漏れないようにしているけれど、乳首はすっかりと勃起して、硬く尖っている。

指で挟んで根元から扱き、少し強めにクリクリと擦り。

「あ……はぅっ、う、くう…………！」

……気持ちいいみたいだ。

これなら、おまんこのほうの準備も大丈夫そうかな？

フィギュアを操って、軽く足を開いてもらう。

「こっちはどうかな？」

指の腹で秘裂をゆっくりと撫でると、たしかな湿り気を感じた。

「んふううっ！」

腰が小刻みに揺れ、膝が震える。

立っているのも辛そうだ。

「綾部さん、今日のセックスでは、自分から動いてもらうからね」

「自分から……？」

「うん。騎乗位って知ってる？」

「いえ、知りません……でも、どうせエッチなことなんだというのはわかります」

「男を馬に見立てて、女の子がその上にまたがるんだよ。こういう感じで……」

フィギュアを使って、綾部さんを自分の体の上にまたがらせる。

「まさか……こんな格好で、エッチをするんですか？」

「うん、そのまさかだよ」

綾部さんは困惑と羞恥に眉根を寄せ、僕を見下ろしている。

「やり方がわからないのなら、最初は僕が動かしてあげるね」

フィギュアを使って綾部さんに動いてもらう。

「え……？　あ……………んんっ！」

ぬるりと、膣にペニスが埋まる。

狭く、キツいままだけれど、初めてのときのような抵抗はない。

「う、く…………い、いやですっ、またお腹の中に入ってきて……んんんっ」

亀頭が膣奥に当たると、ぶるっと体が震えた。

「やっぱり、綾部さんのおまんこ……すごく気持ちいい……！」

二度目のセックス。

綾部さんの膣は、初めての時とは違い、はっきりと濡れていた。

愛液でぬめる柔肉をペニスでゆっくりと擦っていく。

「う、く………あ、あ………んうっ、は、う………」

小さく漏れる声には、痛みの色も薄い。

これなら、大丈夫かな？

フィギュアを使って、綾部さんには自分から動いてもらうことにしよう。

そのほうが痛くないだろうし、さらにはどう動くと気持ちいいのか試行錯誤もできるだろう。

「綾部さん、あとは……自分から動いてね」

「え？　い、いやです。そんな、はしたないことはできませ………ひうっ⁉　んんんんっ！」

腰がゆっくりと上下し始める。

「あ、あ、また、体が勝手に動いてしまって……んうっ、う、うくっ」

大きなお尻がゆっくりと上下する。

「綾部さん、自分が気持ちよくなるように動いて」

「はあ、はあ……そんなの、わかりません。気持ちいいなんて……んっ、んっ」

嫌がっていても、フィギュアに操作された身体は止まらない。

綾部さんは奥に当たるように深くつながったり、入り口付近が擦れるように浅く動いたりと、色々と試し始めた。

「はっ、はっ、あう……んっ、んふっ、はあぁぁ……」

カリが膣口を擦ると、艶っぽい吐息を漏らす。

「入り口のあたりがいいの？」

「わ、わかりません。でも、ここが擦れると……んっ、体が熱くなって……んうっ」

大きな瞳は潤み、目元が朱に染まる。

「奥をぐりぐりされるのも、好きなんじゃないの？」

お尻を押さえ、ぐっと深くつながる。

「んうううっ！　あ、あっ、はあぁんっ！　んふっ、んあふっ♥」

子宮口を押し上げるように突くと、明らかに感じている、甘い喘ぎ声を上げる。

「あ……奥、擦れると、頭……ふわふわってなってしまって……はあ、はあ、あ、あ……どうして、ですか……こんなこと、したくないはずなのに……あ、あっ」

すっかり痛みの色は失せ、甘い響きだけがある。

よりいっそうの刺激を求めるように、綾部さんは自分から腰を使い始めた。

「んっ、んっ、んふっ、はうぅ……こんなこと、したらだめなのに、だめなのに……んあぁぁ……♥」

腰の動きはよりいっそうスムーズになり、ぐちゅぐちゅと音を立ててペニスが出入りする。

「はぁぁぁ……あ、あ……これ、この感じ……体がぞくぞくして……んっ、んっ、きちゃい、ますぅ……」

「うん。僕も……僕も、ぞくぞくして……気持ちいいよ……！」

ちんぽを熱く包みこみながら、おまんこがうねる。

敏感な粘膜同士が擦れ合うたびに、たまらない快感が生まれる。

いい……すごく、気持ちいい……！

やっぱり、綾部さんとするセックスは最高だ！

それに、今回は綾部さんも楽しんでくれているみたいだし。

「ふあっ、んっ、んっ、んふっ、あ、あっ、あんっ、出たり、入ったりしてますっ、硬いのが、私のお腹の中を擦って……ううぅんっ、あ、はう……♥」

綾部さんの顔はすっかりと快感に緩み、口元にうっすらと笑みを浮かべているようにさえ見える。

嫌々するよりも、自分から僕とセックスをしたいと思うようになったら……？

もっと、もっと感じさせたい。

セックスで気持ちよくなってほしい。

「綾部さんのここ、いやらしく勃起してるね……触ってほしいって言ってるみたいだ」

手を伸ばし、クリトリスに触れる。

「ふぁぁぁぁあんっ♥」

包皮がまくれ、ちょっと顔を出している突起を、くりくりと擦る。

「ひううっ⁉　そこ、ダメですっ、刺激、強すぎちゃいますっ、弄らないでくださ……んあああ♥」

ペニスを熱く包み込みながら膣が収縮し、うねる。

気持ちよさそうに目を細め、綾部さんは前後に腰を揺すりながら恍惚と喘ぐ。

「あ、あっ、あ…………とめて、ください……このままだと、私、私……」

淫らに踊るお尻に手を添え、もにもにと激しく捏ね回す。

「イキそうなのかな？　いいよ。僕も、もうすぐだから……このまま一緒に……！」

「あっ、あっ、私の体……変です。どうして、こんなに気持ちい……んんっ♥」

もう、僕は綾部さんを操っていない。

彼女は自ら腰を上下させ、ペニスを深く咥えこむ。

「ああ……！　綾部さん、出る……出るよっ、僕……もう……‼」

「い……いくっ、いきますっ、あっ、あっ、ああっ！　いくっ、いくいくっ♥　私、私……いっちゃいますっ♥」

「綾部さん、綾部さん……いく、いくっ、一緒にぃ……‼」

天を突くように、ぐっと腰を上げた。

「ひう……!?」

悲鳴とも喘ぎともつかない声と共に、綾部さんの体にぎゅっと力がこもった。

そして――。

「んっ♥ あ、あ、あ、あ………ふあああああああああっ♥」

セックスでの、初めての絶頂。

「綾部さん……!」

びゅくんびゅぴゅううううっ!!

「はうぅんっ! あ、ああっ、きてるっ、あっ、あっ……んふぅ……せいえき、わたしのおなかのなか、いっぱぁい……♥」

蕩けるような笑みを浮かべ、僕に抱きつくように倒れこんできた。

「はっ、はっ、はあ、はあ……あ、ああ………ん、あああ………」

絶頂の余韻で太ももやお尻がひくつき、腰が小さく跳ねる。

「ふ、あ……わたし……いっちゃい、ましたぁ………」

屈辱か、悲しみか、羞恥か、悦びか。耳元で囁くように綾部さんが呟いた。

「ああ……気持ちよかった……。綾部さんは、どうだった?」

セックスを終え、僕は綾部さんにそう尋ねた。さっきまでの痴態を見れば答えはわかっている。けれども、本人に言ってほしかったのだ。

もっとも、彼女は黙ったまま何も答えてはくれなかったけれど。

まだ二回目なのに、あれだけ感じていたんだ。セックスにも慣れてきたはずだ。

「最後、すごくエッチな顔していたもんね。本当は、僕とのセックス、気持ちよかったんでしょ？」

「くっ、ううぅ……良くなんて……ありません……」

視線を逸らすと、悔しげに呟く。

「ほんとにー？　でもあんなによがって恥ずかしい声を出してたよね？」

「うっ……あ、あれは……あなたが私を操って、無理やりしたからです。そうに決まってます、絶対……んんぅ……そ、そうじゃなければ、あんなに……あんなにおかしくなるほど、気持ち……っ!?」

「んー？　なに？　気持ち？　気持ち良く？」

「くっ………」

自分で言ってしまいそうになったことに気付いた綾部さんは、頑なに口を閉じて顔を背けた。まったくもう……素直に認めちゃえばいいのに……。

でも、それほど感じてくれていたことは事実みたいだ。

本当に嫌いな男に対して、そんなふうに思うことがあるだろうか？

――いや。多分、ない！

エロゲでもそういう話は多いし、リアルでも昔からいい言葉がある。

「ふふふ……嫌よ嫌よも好きのうちってね♪」

「……最低です……そんなことありえないです。それはただの勘違いですし、誇大妄想ですから……」

そう言って綾部さんは、まだ僕の顔を見てくれなかった。

でも僕にはそれが、恥ずかしくて背けているだけのように見えた。というかもう、そういうことにしておく！

「……ねえ、綾部さん。僕たちもこういう一線超えちゃった仲になったことだし、下の名前で呼んでもいいかな？　美咲って」

「なっ⁉　ほ、本当に勘違いしているんじゃないですか？　あなたは無理矢理、私を穢したんですよ？　それなのに馴れ馴れしく名前でなんて……」

「えー？　じゃあダメなのかな？　思っていることを聞かせてほしいな」

本人の顔が見れないので、代わりにフィギュアの顔を指で優しく撫でながら聞いてみる。

『嫌に決まっているじゃないですか……』

「……え？　私の思っていることを……なぜ……？」

『いったいどういう思考をしているのでしょう、この人は……まったく、とんでもない考えの持ち主です……』

「へえ……そんなふうに心の中で思っているんだね」

「な、なんでっ⁉　うぅぅ……まさかその人形……私の心までも読み取れて……うっ、うぅぅ……なんなのですかっ、そのおかしな人形はっ⁉」

おっ？　ようやく僕のほうを向いてくれた。やっぱり怒った顔も可愛いなぁ。

「やれやれ……美咲はわかってないなぁ」

「な、なにがですか？」

「これは人形じゃなくてフィギュアだよ。僕の大事なフィギュアさ」

「……そうですか……もういいです。聞くだけ無駄でした……うぅぅ……」

心まで読まれたんだ。もう僕にはなにも隠しごとができないし、抗えないと観念したのだろう。

がっくりとうなだれて、静かに泣き始める。

「……で？　名前で呼んでいいんだよね？」

もう一度聞いても、相変わらず口を閉ざしている。

だけど強く握ったフィギュアの口からは、ぼそぼそと元気のない言葉が聞こえてきた。

『……勝手にすればいいです……もう私には拒否する権利もないのでしょうから……』

「うん。わかってくれて嬉しいよ、美咲。もちろんみんながいる前では、今までどおりに綾部さんって呼ぶよ。じゃないと周りに、ほんとに消されかねないからね」

『……そうなってしまえばいいのに……』

「えぇー？　ひどいなぁ」

「……っ⁉　い、今のは違っ……ち、違……うぅ……」

「ふっ、まぁ本音はそう思っているってことは、聞かなくてもわかってるよ」

「くぅ……だ、だったら……やめてくれればいいのに……」

「それでも美咲はもう僕のものだからねー。セックスしないでいることなんてできないよ」

「だ、誰があなたのものになんて……」

「それにしてもあの美咲でも、そうやって思うことがあるんだね。もしかしていつも朗らかにみんなと接しているけど、実際はそんなことを思ってたりするのかな？」

「……あなただけです。私の人生の中でそう思ったのは……」

「へぇ……じゃあそれも僕が初めての人ってことだね♪　いいねー。あ、睨んでくる顔もやっぱり可愛いよ♪」

「くうぅ……ほんとに最低……」

『荒田くんがこれほど言葉の通じない相手だなんて、思わなかったです……』

「あはは。なんだかふたりの美咲に責められている感じがして、不思議な気分だ」

「……っ⁉」

『……そういうのを確かヘンタイというのですよ』

「あはっ♪　かもね」

それは、自分でもかなり自覚できている。

たぶんこのフィギュアで美咲になんでもできると知ったときから、すごく心が広くなって余裕ができたんだと思う。

だからなにを言われようと、どんな顔をされようと、全て許せて愛せてしまう。

ああ……愛って素晴らしい……。

「……でも僕だって本当は心の奥底で傷ついてるんだよ？　少しだけどね」

「ウソ……少しも傷ついてなんてないくせに……」

今度はフィギュアのほうが喋らなかった。本音が出たからだろう。

「まあ美咲にも、僕の操作フィギュアがあったらわかると思うよ。もちろんそんなものは、絶対にないけどね」

「……あってもいりません……そんな汚らわしい人形なんて……」

「さて……まあそういうわけだから、ふたりきりのときは美咲って呼ぶからね。ちなみに僕のことも正勝くんって呼ぶんだよ？　いいよね？」

「『……………はい……』」

現実の彼女と、人形のセリフがステレオで聞こえた。

その返事に、僕は大満足で頷いた。

さあ、これからもっともっと、美咲と恋人気分を味わっていこう。

入学当初から暗い学園生活になると諦めていたけれど、こんなに明るい毎日を手に入れることができたのだから。

「くく……嬉しすぎて僕は今、なんでも出来そうな気分だよ♪」

「そうですか………私にはわかりませんけど……」

「そう？　残念だなぁー♪　この気持ちを共有したいのに」

こんな経験は生まれて初めてだ。

僕にとって、今がきっと人生で最高の瞬間だ。

こんなキモオタのクズ野郎に、最高の人生をくれて神様ありがとう！

ごめん、リア充の皆さん……爆発しろって言って。

ごめん、町中のカップルたち……『あいつら、別れればいいのに』とか言っちゃって。

僕は今、すべてのカップルに祝福を述べたい！

愛って素敵だね！

そしてこんにちは！　輝かしい青春の日々！

「最高に楽しい学園生活をリスタートするぞ！」

「『……気持ち悪いです……』」

「うは。今だけだよ♪」

本当に気持ち悪そうな顔をする僕の恋人に、満面の笑みで応えた。


学校にはちゃんと来る。その約束を守らないと、何をされるかわからない。

ただの脅しではなく、彼はきっと本当に罰を与えるってわかってしまいました。

前は学校に来れば友達がたくさんいて、楽しく過ごしていたのに、今はただ早く時間が過ぎることだけを願っています。

「はぁ……どうしてこんなことに……」

いったいどこで間違ってしまったのだろう……？

こんな最悪で最低な学園生活に変わってしまったのだろう……。

「はぁ……」

思わずまた、ため息が漏れてしまった。

本当はすぐに帰ってしまいたい……。

けれど、なるべく普通に学園生活を送るように言われているので、帰れません。

今日はしかたなく、所属する手芸部で作りかけのぬいぐるみを仕上げているけど……。

ああ……全然、進んでません……。

縫い目も雑だし、中の綿がはみ出したまま縫ってしまっている……。

いつもなら、もうほとんどは終わっているはずなのに、まったくはかどらない。

「あれ？　美咲にしては珍しく手こずっているんだね」

「え？　あ、ああ……ええ……ちょっと難しくて……」

「いや……それって簡単なぬいぐるみだよね？　というか全然ダメじゃん、それ……あらぁ、ひどいね……あの美術展覧会に出したリアル鳳凰のぬいぐるみを作った、ザ・匠のJK美咲がこんなになるなんて……サルも木から落ちるってやつかな？」

「あ……そ、そうかもしれませんね……」

「えー？　美咲はサルッて感じじゃないよ。例えるなら……牛？」

「ん……そ、そうかもしれません……」

「ちょっとー。そこは『牛って！　どこを見ていってるんですかー！』ってツッこむところじゃない？」

「あ……あはは……そうでした……」

こうやって友達と話しているときにも、私は内容に集中できなくなっている。

……どこかでまだ見ているのでしょうか……？

気になってしまい、ちらりとまたドアのほうを確認します。

でもそこには誰もいません。

あの人がまたどこかで見ていると思うと、気が気でないのです。

でも今日は部活に来てからは、彼の気配はない……。

もしかしてもう帰ったのでしょうか……。今日はこのままなにもされずに済むでしょうか……。

それならいいけど……でもあの卑劣で最低な男の子です。

絶対、油断させておいて、なにかするに違いありません！

どこから……どこから見ているのですか⁉

何度も確認して、ここにはいないとわかっても、どうしても気になってしまう。

毎日がこんな感じだ。あの穢されて、自由を奪われた日から……。

「はぅ……」

あれから私の学園生活は、気の抜けないものになってしまいました。

「はぁ……」

「……ねえ？　どうしたの、美咲。さっきからずっと溜め息をついているけど……」

「えっ⁉　なっ⁉　えっと……そ、そう……ですか？」

「そうだよー。今日だけじゃなくて最近ずっとそんな感じ。なにか悩みごとがあるの？」

「あ……」

気をつけてはいたのに……やっぱり近くにいつもいる人には、わかってしまうのでしょう……。

どうしよう……みんなの視線が痛いです……。

だけど、もう自分じゃ解決できそうもない。今すぐこの場で相談してしまいたい！

「あうっ⁉　うぐっ、ううぅ……」

だけど、なぜか上手く言葉が出てこない。

それにこんなことを思って、それをあの人に気づかれてしまったら、なにをされてしまうかわからないから……。

「ん……だ、大丈夫です……なんでもありませんから……」

そう言って、またドアを確認してしまうのでした。

「んー？　もしかして誰かを待ってるの？　あ、もしかして彼氏ができて、その人を待ってるとか？」

「ち、違います！　そんなのじゃありません！」

「え、ええっ？」

ありえない言葉に、思わず声が大きくなってしまった。

絶対に、そんなことはないのに！

あの人を私の彼氏だと勘違いされることは、最悪の冒涜です。

「あっ……」

でも……それをみんなに言うのは、おかしいことです。

私がなにも言わないのだから……当然、誤解していてもしかたありません。

それをわかっていながら、こんなふうに声を荒らげてしまうなんて……。

「ご、ごめんなさい……ほんとにそういうのじゃないですから……き、気にしないでください……」

「そ、そう……でもなんかおかしいよ？」

「そ、そうでしょうか……。でも、本当になんでもないんです。とくに……か、彼氏とかっ！　そういうの、あるわけないですから！」

「あー……そう……」

「へえー……なるほどね……」

「あうっ……」

ものすごく疑った目で、友達が私を見ています。

どうやらまったく信じていただけてないようです……。

「ううっ……ほ、本当なのに……」

「や、やだなー。冗談だよ冗談。本気にしないでね？」

「ダメだよー。美咲は純粋なんだから。そういう話でもムキになっちゃうのかな。ね？」

「あ……あぅ……そ、そうですね……」

そうおっしゃってくれますけど……もう私は純粋ではありません……穢された体の……あの人の奴隷なのですから……。

「ま、まあ、なにかあったらちゃんと話してね？」

「そうだよー。友達なんだから……ね？」

みんなに心配をかけてしまっていることに、とても心が痛む。

「は、はい……ありがとうございます……でも大丈夫ですから……」

だけど、私はこう言うしかありませんでした。

……いつまでこんなことが続くのだろう。

そして……どうして私が、こんなひどいことをされなければいけないのでしょう……？

荒田くんに、なにか知らないうちに迷惑をかけてしまったのでしょうか？

そんなことをしたつもりはないし、それどころか、彼のことは少し尊敬していたのに。

それなのに、この仕打ちはあんまりです。

もし、なにかしてしまったのであれば、ちゃんと理由を言ってほしいです……でないと私にはぜんぜん、検討がつかなくて……。

いったい、荒田くんはなにを理由に、私をいじめるのだろう……。

仮にもし、私がなにか彼の気にくわないことをしたとして……でもそうしたからといって、無理矢理に身体を穢すような行為が、許されていいことなのでしょうか……。
……いえ、そんなことはない。
それほどのひどいことを、私はしていない。それは間違いないのです。
だって……今まで彼とはお話しする機会だって、ほとんどなかったのだから……。
それなのにこんな仕打ちを……。
なんとかやめてもらわないと……ううん、絶対やめてもらおう。
「……しっかりしないと……」
もうこんな毎日を送るのはいやだ。
誰にも相談できないこの状況を打破できるのは、やはり自分だけなのです。
ここで気持ちで負けてしまっては、それもできるわけがありません。
……だけど、どうすれば変えることができるだろう……？
「……やっぱりあの、人形でしょうか……」
荒田くんの持っている私そっくりの人形——あれが私の全てを縛っているのだと思う。
どうにかして、彼の手からあれを奪い、自由を手に入れないといけません。
そのためには、どうすればいいだろう……？
でも彼も人間です。どこかで必ず隙が生まれるはずです。
思い出したくはないけど、今までのことを振り返ってそれを考えてみる。

彼の手から人形が離れて、なおかつ私の身体が自由になる瞬間……。

「あ……そういえば……」

彼が私の自由を奪っていやらしいことをした後に、少しの間だけ動けたときがあった。

私はショックでなにも出来ずに、ただ泣いてしまったけど……あのとき、確か彼は人形をどこかに置いていた。

そういった僅かな時間に、それを奪って逃げてしまえば――。

「……やれるかも。これなら完璧です！」

暗かった目の前が、希望で明るくなったように思える。

うん、そうしよう……もうセックスをされてしまうのは嫌だけど……あと一回だけの我慢です。成功すればもう自由になれます。

「え？　完璧？」

「あ……」

いけない……つい考えていたことが、口に出てしまっていたようです。

「い、いえ……とりとめのない、ひとりごとで……」

「んー？　完璧にできたの？　どれどれー……」

「あうっ……」

私の言い訳も聞かずに、周りの女の子が縫いかけのぬいぐるみを覗きこんでくる。

「――って、美咲……それ、いったいなにを作ったの？」

「……へ？　あぁぁっ⁉」

本当はクマのぬいぐるみを作っていたはずだったのですが、私の手元には今まで見たことのない、人型の新種生物が創りだされていました。

ああ……なんてひどい縫い方をしているのでしょうか……。

「あう……か、可愛くないです……これ……」

「あははっ！　なによそれ、自分で作ったんじゃない」

「でも味があっていいかもしれないわね。それに美咲らしいし」

「わ、私らしいってどういう意味ですかっ⁉　もう……みんなひどいですよぉ……」

「あはは！　ちょっと抜けた表情とか、似てるじゃない」

「ううぅ……そ、そうでしょうか……」

ここまでおかしな顔は、していないと思うのだけど……。

「ふふ……でもなんだか元気が出たみたいだね」

「……え？」

そんなみんなの視線を浴びて、顔を触ってみると、頬が少し上がっていました。

「あ……そ、そう……そうですね」

みんなが可笑しそうに笑う姿を見て、私も頬が緩んでいたようです。

ああ、そうだ……あんな人のために私が暗くなる必要なんてない。

なんとしてもあの人形を奪い、私の未来を取り戻しましょう！

「ふふん♪　今度はどんなエッチをしようかな♪」

目の前で繰り広げられるエロエロなシチュエーションに、ニヤニヤしながらページをめくっている。

僕は自室でエロマンガを読みながら、次にどんなセックスを試そうかとウキウキしながら、それらを参考にしていた。

僕が今、読んでいるマンガの内容はこうだ。

主人公は冴えない男子で、いじめられっ子。

ヒロインは主人公をなんとも思っていない。むしろ下僕以下にしか見ていなかった。

だけどちょっとした恥ずかしい弱みを握られ、主人公に頭が上がらなくなる。

そしてセックスを強要されて、涙を流しながら処女を奪われた。

もちろんそのヒロインは最初、セックスを嫌がっていたけれど、主人公の超絶ペニスとテクニックでメロメロになり、最後は自ら変態行為を求めてくるという話の流れだった。

まあ言ってみれば、こういうジャンルにありがちな王道作品だ。

だけどその王道ゆえに、読者の心とアレを鷲掴みにする。

実用性もあり、読後感も素晴らしい一冊だった。

こんな体験をいつかしてみたい！

そう思っていたときもあったけど、所詮フィクションだ。

エロマンガ紳士として、倫理的一線を引いていた。

だがしかし！　今の僕はそれを実現できる素晴らしい立場にある。

この最高のシチュエーションを目の前に、薄っぺらい紳士精神など、あとがきの彼方に消え失せた。

いつかではなく、今、この体験をしてみたい！

このマンガはもう憧れではなく、すぐ手が届く目標になっていた。

「ふふ……しかもすでにもう、女の子をイかせることができたし……もしかしてこんなの余裕？　ねえ、余裕なんじゃない？」

アガったテンションのままで、なぜか自分に話しかけていた。

それくらい頭がおかしくなるほど、彼女をイかせたことが嬉しくて、有頂天になっていた。もうこれは実践するしかないでしょ？　今やらなくて、いつやるんだ！

「むふふ……今の僕たちの段階だと、このマンガでいうところのここ……『あーん。嫌なのに感じちゃう♥　ダメダメ、この松茸であたし、最高の土瓶蒸しにされちゃうよー』のところかな？」

目の前のコマには、蕩けそうな表情のヒロインが後ろから突かれながら、自らの心情を語っていた。セリフはややアレだけど。

そうだ……人形を使えばこういう心情もリアルタイムに聞けるんだ。

まさにこんなありえないことも、今の僕には再現できるんだな……。

まあ流石にそこまでのことは、もう少し慣れてからじゃないと、本気で嫌われてしまいそうだからまだしないけど……。

でもいずれはきっと彼女も気を許して、こういうプレーを愉しんでくれるはず。

ああ……そのときが待ち遠しい……でもまずはそうなるために、僕色へ徹底的に染め上げていかないといけない。

「くくく……待っててね、美咲。もう僕のちんぽがなければ生きていけなーいっ♥ なんてくらいに、心の底から思えるように、僕のモノにしてあげるよ」

ベッドの上でフイギュアを手に取り、その頭から爪先までに、音を立てながらキスをしていった。

「はあぁ……もう我慢できなくなってきちゃったよ……」

さすがに連日ではちょっとかわいそうだと思って、今日は自粛して手を出さなかったが、もうこの衝動を止めることはできない！

「うーん……証拠が残りそうで嫌だったから使わないようにしようと思ったけど……ふっ、しかたない。アレを使いますか♪」

スマホを持って初めて登録した女子であり、記念すべき初めての彼女。

その番号に僕は電話をかけた。

人形にも心があります

「お、おじゃまします……」

さすがに真面目な綾部さんだ。

大嫌いな男の家に上がるというのに、律儀にきちんと礼儀をわきまえる。

ほんとにいい子なんだな……。

「うん。まあ、そんなに緊張しなくていいよ。今日は親もいないし気楽にね」

「そ、そうですか……」

あれ？　逆に警戒させちゃったかな？　まあ普通はそういう反応になるよね……。

いきなり玄関先でふたりきりだなんて言われたら、やる気満々です！　と宣言されたようなものだろうか。

だけど僕たちの間に、そんな心理戦はいらないだろう。だってほんとに、僕はヤル気マンマンなのだから。

「さあ、部屋はこっちだから。上がって上がって」

「うっ……わ、わかりました……」

当然断れない彼女は、靴を脱いできちんとそろえた。

電話で呼び出したとき、さすがに急には無理かもしれないと半分は諦めていた。

もちろん写真とかがあるので断れないとは思っていたけど、やはり男の家に来るというのは怖いだろう。

だからなにか理由をつけて渋るかもしれないと予想していた。

そうなったら、翌日にお仕置きでもっと凄いことをする予定だったけど……。

でも、予想外に美咲は文句ひとつ言わずに、ちゃんと僕の家に来てくれた。

これはもう完全に諦めたに違いない。

いや、もしかしたらもうすでに、僕のちんぽが欲しくて、たまらないんじゃないの？

「ぐふ……ぐふふ……」

「……………下衆な笑い方ですね……」

「うん♪　そうだね♪」

「ううぅ……そんなこと言われても笑っていられるなんて……やっぱりあなたはおかしいです……」

あきれた顔の美咲に満面の笑顔を見せながら、自室へと案内していく。

「ここが僕の部屋だよ。ちょっと汚いけど座って。ああ、ベッドの上でいいよ」

　僕の言った意味を理解したらしく、少し嫌そうな顔をしたけど、素直に従ってベッドに腰掛けた。

「…………」

「……女の子ばっかりのポスター……それに本も……男の人の部屋に入るのは初めてですけど……やっぱりあなたはそういう人なんですね……」

「誤解しないで欲しいな、美咲。ここに貼ってあるものは全部、全年齢商品のものだし、本棚に入っているマンガだって不健全なものじゃないよ。しかもこれは全て二次元で非存在少女！　つまりリアルな美咲以外になんて、浮気のしようがないってことになるね！」

「う、浮気？　なにを言っているのかよくわかりませんけど……でもそれではこの部屋にはその……え、エッチなものは置いていない……そういうことですか？」

「三次元のものはね。ただし二次元の一部年齢制限商品は、押入れの中にぎっしり詰まっているよ！」

「……あなたの言葉はすごく理解しにくいですけど……でもなんとなく、わかりました。私がここに来て初めて受けた印象は、別に間違ってはいなかったということですね」

「うん、たぶん……でもまあ、普通の男子の部屋なんて、大体どれも似たようなもんだよ、きっと」

「……特殊なあなたにそう言われても、普通の男の人の参考にはならないです。その話しはもう結構です。早く本題に入りましょう……」

唇を噛み締め、彼女は両手をギュッと膝の上で強く握った。

「ここに私を呼んだ理由は——」

「うん♪　セックスっ！」

「あうっ……な、なんでそう恥ずかしげもなく言えるのでしょうか……」

「だって隠す必要ないでしょ？　僕と美咲の仲なんだし♪」

そう言って僕は、机に置いていたフィギュアを掴んだ。

「うっ……またそれで私を無理矢理に……」

一見、強気な美咲だったが、やっぱり虚勢を張っていただけだったみたいだ。

やっぱり怖いのか、全身が細かく震えてしまっている。

「うーん……僕だって本当はやりたくないよ？　でもまだ美咲が嫌がるからさぁ……」

「ん……だったら……あなたの望む通りにすれば……それを使わないでくれるのですか？」

「……んへ？」

まさか美咲のほうからそう言ってくれるとは思ってなかったので、変な返事をしてしまった。

おおぉ……これはもしかしたら、ほんとにすぐアヘ堕ちパターン？

「どう……なんですか？」

「ああ、うん……うん、うん、うんっ♪　いいよ、使わないであげるさ。僕の言うとおりにしてくれるならね♪」

まだたくさんはしていないのに、こんなに従順になってくれるなんて……。

つい嬉しくて、何回も頷いた。

「じゃあ、ベッドに手をついて、こっちにお尻を向けてくれるかな？」

「お、お尻を……」

「どうしたの？　使ってほしくないんだよね？　このフィギュア」

少しためらう彼女に見せつけるようにして、僕はフィギュアの頭を撫でた。

「あう……わ、わかりました……しますから……」

渋々といった様子で後ろを向くと、言われたようにお尻を突き出した。

「うん……いいね。じゃあ――意識はそのままで、セックスが終わるまで、その格好のままでいてね。あ。ちょっとくらいなら動いてもいいよ♪」

「え？　あっ⁉　な、なんで……う、動かないですっ……」

ははっ、驚いてる驚いてる。

使わない？

そんなわけ、あるはずないじゃないか。

今まであれだけ抵抗していた美咲が、急に素直に従うなんてありえない。

それに、やっぱりちょっと嫌がってるほうが、僕としてはどっちの意味でも燃えるしね。

「ああ……いい触り心地だ……」

パンツに包まれた丸いお尻を、ぎゅっと手の平で揉みしだく。

「あうっ……約束が違う……んんぅっ！　はうぅ……」

完全に体を固定したわけじゃない。

もにもにとお尻を揉むたびに、刺激から逃げようとするのか、小さく腰をよじる。

その仕草がかえって扇情的で、僕の興奮を誘うなんて考えもしないんだろう。

……前のときもだいぶよかったけど、今日は美咲がもっともっとセックスの虜になるように工夫しよう。

僕ももう童貞じゃないし、初めてでもない。テクニックだって身についてきている……はずだ。

美咲が、自分から入れてくださいって、おねだりさせるまで責めることにしよう。

「うう……どうして、ですか？　使わないって言ったのに……」

「だって、本気かどうかわからないだろう？　今日は、それを確かめさせてもらおうと思って」

「確かめるって、いったい何をするんですか？」

不安げな声。

まあ、そうだよね。体の自由を奪われて、何をされるかわからないんだ。

だから僕は安心させるように、美咲に教えてあげることにした。

「大丈夫。ただ、気持ちよくなってもらって、自分から『おまんこにちんぽを入れてください』って、おねだりしてもらうだけだから」

「な……っ!? そ、そんな恥ずかしいこと、絶対にしませんからっ」

強気の反論。

うん、すごくいい感じだ。

『くっころ』とか『やっぱりちんぽにはかなわなかったよ……』は、こういうときの基本だし♪

「じゃあ……美咲がどこまでがんばれるか、試してみようか」

そう告げると、僕は彼女のパンツをぐっと下ろした。

「あぁぁ…………」

美咲は悲しげに小さくうめいた。

羞恥にさらされ、抵抗もできない状態だ。絶望し、ただ諦めて受け入れるしかない。

……そんなふうに思っているのかもしれない。

「美咲のおまんこは、本当に綺麗だね」

陰唇を左右に開き、息がかかるほど間近に顔を寄せる。

「それだけじゃなくて、いやらしい匂いもするよ。美咲のエッチな匂いが」

「う…………い、いやっ。そんなところの匂いを嗅いだりしないでください……」

見られるだけなら耐えられたのかもしれない。だから、羞恥心を煽るように、僕は言葉を重ねていく。

「どうして？　おまんこは、ちんぽが欲しくてヒクヒクしてるのに？　こうして見ているだけで、うっすらと濡れてきているみたいだし」

「そ、そんなことはありませんっ。そんなのは嘘ですっ」

美咲の言うとおり……嘘だ。

でも——。

「じゃあ、確かめてみようか…………ん、れろろっ」

「ひゃあうっ⁉」

いきなり割れ目を舐めあげると、美咲のお尻が大きく跳ねた。

それを押さえながら、べろべろと秘裂を舐め回す。

「んあっ、そんなところ、汚い、ですっ、舐めたらだめ、ですよぉ……んっ、んふっ、あ、あっ」

「だめって言っても、気持ちよさそうだけど？」

「はあ、はあ、違います。これは……違うんです……」

「そう？　じゃあ……もっと舐めて、弄っても平気だよね？」

「え……？」

「んー、べろっ、ぴちゃ、れれるうっ、れろっ、れるっ、じゅるるっ、れるるっ」

僕がさらに舐め回すと、ぷりっとしたお尻を左右にくねらせながら、刺激から逃れようとしている。

無駄な抵抗だなぁ……。

もっと羞恥心を煽るため、僕はわざと音を立てておまんこをさらに舐めまくる。

たっぷりと唾液を乗せて、尿道口や膣口の周りを舌先でなぞる。

「んああっ、あーっ、あ、あっ、だ、だめって言いました。だめなんですっ、ふあっ、あ、ああ……！」

美咲の声が甘く蕩けていく。

「い、いや……ですっ、もう、舐めないで、ください……あ、あっ、だめ、だめですぅ……」

「舐めるだけじゃ嫌なんだ？　じゃあ、こっちも弄ったらどうかな？」

包皮をむき、クリトリスを軽く撫でる。

「ひううぅんっ！　そ、そこもいじっちゃらめれす……ふあああっ」

クリクリクリ。

オナニーを何度もさせたからか、刺激はそのまま快感へと変換されるようになっている。

淫核を指で撫で、左右に転がしながら、伸ばした舌を膣口に差し入れる。

「あーっ、あ……にゅるにゅるって、おまんこの中……なめないれぇ……んあっ、う、くふぅ……」

口の周りがべっとりと濡れるくらいに、愛液が滲んでいる。

刺激を受けるたびに太ももが痙攣したようにひくつき、曲線をなぞるようにお尻を撫でると肌は熱く、じっとり汗が滲んでいる。

「はあ、はあ、はあ……ああ、あああぁ……」

切なげに喘ぎ、濡れた眼差しを向けてくる。

「……ねえ、美咲。このまま、ずっとこうしている？　それとも……セックスしようか？」

普段ならどちらも選べない二択。

けれども、美咲は今、冷静に判断することができない状況だ。

「セックスしたくな……」

「じゃあ、何時間も、ずっと美咲のここを弄り続けることになるかな」

「あ………」

「セックスなら、いつもどおりだよ。すぐに気持ちよくなれるよ？　そうじゃないなら、イケないまま、ずっと……このままだよ？」

「あ、あ………そんな………」

「どっちがいい？　セックスがいいなら、おまんこにちんぽを入れてって言えば、すぐにでもしてあげるけど」

美咲を追い詰めていく。

その間も、愛撫の手を止めず、クリを撫で、お尻を揉み、刺激を与え続ける。

「はあ、はあ……このまま、ずっとはいや……です。だから……」

「だから……？」

「……して、ください。セックス……」

顔を真っ赤にして、消え入りそうな声で言う。

「だめだよ、ちゃんとおねだりしないと」

「………お、おまんこに…………おちんちん…………いれて、ください」

やった！　やったぞっ！

言わせた、美咲に、いやらしいおねだりをさせた！

「わかった。美咲がそこまで言うなら……セックスしてあげるよ」

跳び上がりそうな喜びのまま、僕はペニスを膣口に押しつける。

にゅぷぷぷ……。締めつけながらも、ほとんど抵抗なく……いや、まるで迎え入れるみたいに、僕のちんぽを受け入れていく。

「ああー、ん、ぁ………入って、きましたぁ♥　ん、ん、は、ぁ……奥まで、おち○ちんが、きていますぅ……」

待ちかねたとばかりに、美咲が腰をゆっくりと振り始める。

「んっ、んっ、あ、んっ、んあ……嫌、なのに……嫌じゃなくなって……んっ、あ、あっ、どうして、こんなに……あ、ああ♥」

気持ちいいんだろうな。

美咲の顔は快感に緩み、口の端からとろりと涎が零れ、シーツを濡らす。

つながっている部分からも、ちんぽを出し入れするたびに滲んだ愛液が、銀の糸となって滴っていく。

「んあっ、あ、あっ、しゅご……だめなのに、だめなのに……こんなの、だめ、だめぇ……！」

シーツをぎゅっと握りしめ、美咲は必死に快感に耐えている。

さっき自分からおまんこに入れてほしいって言ったから、抵抗しても今さらなのに……。

「どうして動かしたらだめなのかな？」

指が埋まるくらいに強く、お尻をしっかりと揉みこみながら、前のときに美咲が感じていた入り口付近を、小刻みに速い動きで責めたてる。

「んっ、んっ、んんっ、あ、あっ、これ以上、されたら、私……また、変になっちゃい

ますからぁ……んんっ」

「変じゃないよね？　気持ちよくなるんだよね？　ちんぽで感じるんでしょう？」

「はあ、はあ……そんな、こと…………言えません……」

言葉にしなくても、態度で、美咲が感じているのがわかる。

僕は何もしていないのに、美咲のお尻は前後に動いているし、おっぱいをベッドに擦り着けるように上半身をくねらせている。

「はあ、はあ、んっ、んっ、あ、ふ……あんっ、ふああ……♥」

気持ちいいんだ。感じているんだ。美咲が、僕の手で気持ちよくなって、喘いでいる。

「美咲、もっとちんぽで気持ちよくしてあげる。僕のちんぽが大好きになるように、もっともっと！」

腰を大きく引いて、一気に突く。

膣道の全てをカリで擦り、入り口から最奥までを刺激する。

「くぅ……！　気持ち、いい。美咲、めちゃくちゃ気持ちいいっ。美咲は？　美咲は、気持ちいい？」

腰を激しく使いながら、美咲に尋ねる。

「はうっ、うぅんっ、あ、ぁ…………気持ちい…………ですっ、気持ち、よくなっちゃってますぅ……！」

「そっか。じゃあ……もっと、もっと気持ちよくなって！ 一緒に、気持ちよくなろう！」

美咲のお尻を強くつかみ、腰を引き寄せながら激しく突いて、突いて、突きまくる！

「んっ、んっ、んっ、硬いの、中、擦れて……い、いい♥ あ、あっ、きもちいい♥ いいですぅ……！」

タガが外れたように、美咲は大きな声で喘ぎまくる。

もう、自分が何を言ってるのかもわかっていないだろう。

「ここ、おへそのとこ、コシコシってされるの、きもひいい♥ いいれすっ。そこ、そこぉ……もっと、コシコシ、してくださぁい……♥」

この前の騎乗位のときのように、美咲は自分から感じる場所が擦れるように、腰の位置を変え、いやらしくお尻を振りたくる。

ああ……すごい。こんなにエロい美咲の姿は、僕しか知らない。

優越感を覚えながら、さらに美咲のおまんこを責めたてていく。

「いいよ。ほら、もっとちゃんと言ってよっ、おまんこがどうなるの？」

「おちんちんっ、おちんちんが出たり、入ったりして……あ、ああっ、い、い……いくっ、いきます……おまんこ、いきます……！」

「どうしていくの？ 何で、どこをどうされてイクのか、ちゃんと言っててっ」

美咲に恥ずかしい言葉を強要する。

「あ、あっ、お、おちんちんで、おまんこ……擦られて、いく……いっちゃいますっ」

絶頂を直前にした美咲は、抵抗する気力もないのか、僕に言われるまま、淫らな言葉を口にする。

「そっか、美咲はちんぽ大好きなんだよね。いいよ。僕のちんぽで、イって。イっちゃえっ!!」

ぐいぐいと腰を使う。

張り詰めたカリで濡れた襞をひっかき、膣奥をごつごつと突きまくる。

「ふあぁぁ♥ ひ……あ、あ、あ、きちゃう……きちゃいますっ、んぁあああ……いい……きもちいいの、すごいの、きひゃうう……♥」

美咲は絶頂へと駆け上っていく。そして、僕の限界もすぐそこまで迫ってきている。

「美咲、美咲……いいよねっ。もう……出すよっ」

「んあ……あ、ああ……きもひ、い……♥ い、いいっ、い、いくいくいくいっちゃいますっ♥」

がくがくと全身が震える。腰をより高く上げ、みずからペニスを迎えるように、ぐっと押しつけてくる。

「ふあ……♥」

美咲が気の抜けたような声をあげると同時に、顔をシーツに押しつけた。

「んうっ！　んぅんっ、んんんんんんーーーーーーーーーーーーー♥」

「美咲………イクよっ」

びゅくくっ、ぶりゅううっ、びゅぷぷぷぷっ！

美咲の膣内を、僕の精液が満たしていく。

「う、くうう………！」

気持ちいい。めっちゃくちゃ気持ちいい……！

射精しながらも、僕は美咲のおまんこの中をかき混ぜ続ける。

「ひ………あ………も、いき、まひたぁ………うごかないれ………も、いったからぁ………」

すっかり脱力している美咲が、弱々しく訴えてくる。

「うん……わかった」

美咲におおいかぶさるように倒れ、その体を後ろからぎゅっと抱き締める。

長く艶やかな髪に鼻先を埋め、良い匂いを堪能しながら、しばらくそうしていた。

「あ、あの……」

呼吸が落ち着くと、美咲が小さく体をよじる。

「ああ……うん。後始末しないとね」

グチョグチョに濡れた秘部からペニスを引き抜くと、ドロっとした僕の精液が音を立てながら溢れ出てきた。

「んっ、あ…………あふれてきます……こんなに、たくさん私の中に……」

美咲は半ば呆然と呟いている。

そう、美咲のおまんこには今、僕の精液がたっぷりと詰まっている。

高嶺の花で、手が届かないどころか、遠くから見ることさえ難しかった大好きな女の子とセックスをできるなんて――。

「僕はなんて幸運の持ち主なんだろう……」

ベッドの横に大切に置いていたフィギュアを眺める。

本当にフィギュア様々だなぁ……。

「ふふふ……今日もすごく気持ち良かったよ。また、たくさんしようね、美咲♪」

「うっ……またなんて……もうありません！」

「……はい？」

ドンっ！

疲れてヘタっていたはずの美咲が急に飛び上がり、僕に体当たりしてくる。

「うあっ⁉」

その勢いで思わず尻餅をついてしまう。

「あうっ……ごめんなさ……いいえ、あやまりませんから！　私にひどいことした罪は償ってもらいますからね！」

　ガシッ！

「あっ⁉」

　美咲は乱れた制服もそのままにフィギュアを素早く掴み取ると、勢い良く部屋を飛び出して行ってしまった。

「ま、待って！　あうっ……くぅーっ⁉」

　すぐに追いかけようとしたけれど、尻もちを付いたのが意外と効いていたらしく、上手く起き上がれずに小指をベッドの足にぶつけてしまった。

「痛っ！　痛たたたぁ……ちょ、待って……ウソだよね？　ほんとに持って逃げちゃったの っ⁉」

　開けっ放しドアの向こうからは返事はなく、玄関の閉まる音が虚しく聞こえてきた。

「そんな……逃げちゃったよ、ほんとに……」

　一瞬の出来事に最初はあっけにとられてしまったけれど、ことの重大さが段々とわかってくると血の気が引いて目の前がクラクラしてきた。

「な、なんてことだ……ど、どうしよう……」

　もう今から追いかけても間に合わないだろう。操って止めようと思ってもフィギュアがない。

「あ……あぁ……おわた……僕終了……」

美咲警察へ。

パトカー家の前に到着。

コートの刑事が警察手帳見せて逮捕。

フラッシュの中、フードをかぶってうなだれる僕。

両親大泣き、ご近所から白い目。

判決出て檻の中。

筋骨隆々の怖い犯罪者たちに後ろから抱きつかれてウホっ。

泣きながらボラギ○ール……。

まるでフラッシュムービーのように僕の転落人生が頭の中をよぎっていき、ぶつけた小指の痛みよりも頭が痛くなってきた。

あぁ……彼女を無理矢理作ってしまった代償がこれか……。

もう生きていてもどうしようもない。

やっぱりクズカスな僕は、死んで償ったほうが社会のためにもいいのかな……。

「……ん？　ま、待てよ？」

どんな死に方が楽だろうと考え始めたそのとき、忘れていたことを思い出した。

美咲の恥ずかしい写真やムービーだ。

「そうだよ……あれがあるからまだ大丈夫……僕にはこの切り札があるから……」

特別厳重に隠しておいたそのデータが入ったメモリカードを手にして、少しだけ落ち着きを取り戻す。

たぶん美咲だってこのことは覚えてるはず。

だから、きっとすぐには警察には行かないだろう。

「……で、でも……本当にそうするかな……？」

もちろんこのデータをバラ撒かれれば、彼女の人生は終わってしまうかもしれない。

だけど僕に犯されて反抗なんて出来ない絶望的な中でも、彼女は決して諦めずに抵抗し、こうして僕からフィギュアを奪っていった。

それくらい芯が強くて勇気のある女の子だ。

このデータがばら撒かれるくらいで諦めるだろうか？

「う、うーん……可能性は五分五分……いや、もしかしたら七・三で勇気を出して通報なんてことも……」

正直この手元にあるデータだけでは、不安でしょうがない。

やっぱりあのフィギュアがなければ、なにをされるかわからない。

「……どうにかして取り戻さないと……」

家はわかっているんだから忍び込む？

いやいや、そんなことができるほど僕は運動神経がいいわけじゃないし、肝が据わっているわけでもない。それにそこで通報されれば、完全にアウトだ。

「それはなしだよね……だったら他の方法は……」

どうすればこれ以上事態が悪化せずに取り戻せるか？

それから僕はずっとベッドに潜り込んで、ああでもないこうでもないと考え続けて、気が付けば夜を過ぎて、窓の外が明るくなっていた。

その結果出た結論。それは――。

「……………無理。もうダメだ……」

「はあっ、はあっ、はあっ、はぁぁ……や、やった！　ついに私は自由を手に入れましたっ！」

あの人の家を出て全速力で走り去り、私は無事に自分の部屋に帰ってこられた。

これであの嫌な生活から解放されます！

「やった！　ほんとに出来ました！　やったーーっ！」

嬉しくて私は、思わずベッドの上でぴょんぴょんとはしゃいでしまう。

「ああ……諦めなくてよかったぁ……」

あまりの嬉しさに思わず涙が溢れてきた。

もうこれで、このおかしな人形にも、最低なあの人にも振り回されなくて済むんだ。

「大体、なんでこんなおかしなものがあるのでしょうか……」

どんな理屈なのか、いまだによくわかりません。

なにか不思議な魔法でもかけられているのか？　それとも、どこかからきた未来の道具だったりとか……。

「……ともかく、こんなものがあるからいけないのです。すぐにこんなものはバラバラにして、捨ててしまえばもう使われることもない……」

そう思って、私は腕を掴んで引っこ抜こうと思いました。

「きゃうっ⁉　え？　い、痛い……？」

でもその腕をつまんだ瞬間に、人形と同じ場所に痛みが走って、びっくりして思わず投げ出してしまう。

「うっ……も、もしかしてこの痛みって……」

恐る恐るもう一度手に持って、今度は軽く人形の腕を摘んでみると、やはりさっきと同じように、私の腕にも、なにか大きなものに挟まれている感覚が伝わってきた。

「そ、そんな……私が自分で動かしても、反応してしまうのですか⁉」

それを知った途端、血の気がさっと引いていくのがわかる。

もしなにも知らずにハサミなどを使っていたら、どうなってしまっていたのだろう。

「うっ、ううぅ……考えたくないですね……でもそうなるとこれは、処分できないということになるのでしょうか……」

そう思うと、なんだか不安になってきてしまう。

もしまた、あの人に奪われることになってしまったら……。

そんな不安がこれから一生、つきまとうことになるのです。

「はぁ……なんてことなんでしょう……これでは本当に自由になったとは言えないじゃないですか……はぁ……」

がっかりして、また溜め息が漏れる。

当分は、厳重にどこかへ隠しておくしかないのかもしれません。

「ん……それにしても、本当によくできた人形ですね……」

改めて見ると、本当に私そっくりに作られています。

しかも手触りも人肌そのもので、なんだか不思議な感じです。

「ううぅ……しかしなんでしょうこの洋服は……肌が出すぎじゃないですか……」

なにかの衣装なのかもしえないけれど、普段の私では絶対に着ないような趣味の、露出が多すぎる衣装をこの人形は着ている。

しかも妙にリアルに作ってあるので、見ている本人が恥ずかしくなってしまいます。

「あう……これも、もしかして荒田くんが着せて……？　ううぅ……じゃあこの人形も裸にされて……ううぅ……」

なんだか小さくなった私も穢されてしまったようで、すごく嫌な気分になる。

「んんぅ……だ、だいたい男の子が、なんでこんな人形で遊ぶのでしょうか……」

もちろん人の趣味だから、私があれこれと文句をつける権利はないと思うけど。男の子だって、人形遊びが好きな人もいるでしょう。

でもそれはあくまで子供のときであって、もう私たちくらいの歳になったら、女の子でさえ遊ばないと思うのですが……。

「あ……でもそういえば、こういうものも海外では芸術の一つだと捉えて、すごい値段で取引されているって、どこかで読んだことがありますね……」

確かにここまで精巧に創りあげられていると、すごいなぁと感心してしまう。

きっとそういうすごいって思われるようなものが、評価されているのかもしれませんね……。

「……じゃあ荒田くんも美術を愛でるように、この人形を？　う、うーん……そんなふうにはとても思えませんけど……」

大体、この衣装にしても、部屋に飾ってあった数体の人形にしても、ちょっとセクシーすぎるものが多かったような――。

「あ……こ、この人形って……本当にこれ一つだけなのでしょうか……？」

あの部屋に置いてあった人形は、これとは少し違っていたけど……。でも、この人形が一つだけという保証はない。

「もしかして……まだあったら私は……」

そう考えると、今までの達成感がみるみるうちに不安へと変わっていってしまう。

それに、私はあの人に写真を取られたままだった……。

それもできれば取り返さないと、恥ずかしい思いをしてしまうことになるのでは……。

「はうぅ……ど、どうしましょう……」

結局、一つ不安を摘み取っても、次々にまた芽吹いてきてしまうのでした。

ああ……どうなるんだろう……。

翌日になって。

美咲からどんなことを言われるかと、ヒヤヒヤしながら学園に向かった。

だけど彼女は、ただ僕を見るだけでなにも言ってこなかった。

やっぱりあの恥ずかしいデータがあるからか？　でも油断は出来ない。

もしかしたら、もっと確実に僕を捕まえるために証拠を集めているんじゃ……。

そんなことを色々考えながら、不安な日々を過ごした。

だけどそれからの数日間、彼女はなにもアクションを起こしてこないし、家の前に不審な車とか、赤いライトが見えることもなかった。

ここまでなにもしてこないとなると……やっぱりバラ撒かれるのが怖くて諦めたのかな？　だったら、僕にはまだチャンスがある。

「……………なんとかあのフィギュアを取り返したい……」

改めて、そう思った。


はぁ……どうしましょう……。

人形を奪ったのに、私はまだ不安な日々を過ごしている。

あれから荒田くんはなにも言ってこないし、目も合わせずコソコソと逃げるように私を避けています。

やっぱり人形はあの一体だけ？　でも、もしかしたら次を製作途中なのかも……。

そんなことが出来るのかはわからないけど、もしまた完成すれば、きっともっとひどいことをされてしまうに違いない。でもそれを阻止する方法が、思いつかないのだ。

本当に……これからどうしましょうか……。

思い悩む日々が続いてしまう。

それともう一つ、悩みの種が増えてしまっていた。

「んっ……」

あっ……またこの感じ……。

また操られてしまうんじゃないかと不安に思うたびに、なぜか股間がじんわりと熱くなってしまうのだ。

い、嫌……。なんでこんなふうになってしまうのだろう……。

原因が、まったくわかりません。

でもそのおかしな反応は、日に日に強くなっていっている気がする。

なにもされなくなって嬉しいはずなのに……なんだか私……物足りないと思っている？

「そ、そんなことあるわけが……うぅ……」

体が熱くなったまま、部屋でひとり否定する日々。だけどその言葉とは裏腹に……なぜか指は、大事なところに伸びてしまうのでした。

「あうっ、んっ、んんぅ……だ、ダメ……こんなのしたくない……したくないのに……」

今までだって、こういうはしたないことを自分からしようと思ったことはない。

それなのに、今はどうしても股間を触りたい衝動を抑えることが出来ないのです。

「ううぅ……わ、私は……変になってしまったのでしょうか……」

あんなひどいことをされたのに……あの快感が忘れられなくなっている……。

「んんぅっ!? も、もうやめなきゃっ……んんぅっ！」

気持ちいい刺激に、つい指が激しく動いてしまっているのに気付いて、慌ててやめる。

「はあっ、はあぁ……あうぅ……またショーツを濡らしてしまいました……」

私のお汁がしっとりと広がっていくのを感じて、自己嫌悪に陥ります。

「あぁ……私、いやらしくなってしまったのでしょうか……」

体がそう変わってしまったことに戸惑いながらも、火照りはおさまらないのでした。


「……よし！　ここはやはり勝負に出よう！」

僕は撮っていた美咲の映像でとりあえずヌイた後に、そう決意した。

もうオナニーじゃ、気持ち良さが違いすぎる。やっぱり美咲のナマのおまんこが忘れられない！

なのでフィギュアをなんとか奪い返して、また美咲を僕のものにしたくなった。

そのために僕ができることはもう、今持っている切り札のデータと引き換えに、フィギュアを返してもらうことくらいしかない。

もちろん、その話に乗ってくる可能性は極めて低い。でもその勝負に出なければ、僕はこれから一生、悶々とした日々を過ごさなくてはならなくなる。

「……なんとか、話を聞いてくれればいいけど……」

体育の授業が終わったところでこっそりと保健室に呼び出し、思い切って相談をしてみる。でも当然――。

「――渡したら、また好き放題しますよね？　嫌です」

「で……ですよねぇ……」

授業の後で体操服姿のままの美咲は、やっぱり拒否してきた。

「で、でもさ？　あのデータはバラ撒かれずに済むんだよ？　それにもう絶対、あのフィギュアは使わないって約束するから！」

「うっ……確かに恥ずかしい写真のことはありますけど……でも使わないなんてことを信じられるはずがありません！」

「そ、そうだよねぇ……」

ごもっともな意見だと思う。というか僕だって逆の立場なら信じない。

「大体……なぜ私の人形を創ろうと思ったのですか？　あんな隅々までそっくりに……」

「そ、それは…………好きだったからだよ！」

「……え？」

「美咲……じゃなくて綾部さんがその……ずっと側で観ていたいってくらいに好きだっ

たんだ。でも僕じゃ彼氏になんてなってくれないだろうし、姿を見てたら気持ち悪がられるだけだし……だからせめて迷惑のかからないように、フィギュアでだけでも見ていたいなって思ったんだよ……」

「う……そ、その発想はちょっと……」

「あ！　今気持ち悪いって思ったよね？　思ったでしょ？　でもさ、女の子だって好きなアイドルの写真を持ってたり、好きな男子をスマホで隠し撮りしたりするよね？　それとあまり変わらないと思うんだよ、僕は！」

「え？　えっと……そう言われてみれば……そうかもしれませんけど……」

「それに僕は純粋に綾部さんを一つの美術的な美として捉えていたんだよ。だってほら、もしなにかいやらしいことにフィギュアを使おうとしていたら、裸のままでも良かったでしょ？　でも僕はそうではなくて、ちゃんと服を着せていたじゃないか」

「……かなり露出の高い服でしたけど？」

あっ⁉　しまったーーっ！　そういえば最後に着せてたのは宇宙海賊コスだったーーっ！

「ぐっ……あ、あれはSF作品に出てくるコスチュームなだけだよ！　ちょうどあの服を着てるキャラクターが、知的で優しくてみんなのアイドル的な存在で、綾部さんと似ていたから！」

もちろん、みんなアイドルなところは違う意味だけどね……。

「そ、そうですか……」

あ、ちょっと信じた。やっぱりチョロ……じゃなくて純真なんだな……。

「……本当にその……美術的な鑑賞目的ですか？　あの人形を返して欲しいのは……」

お、おおぉ……しかも少し話に乗ってきてくれてるっ⁉

「う、うん！　もちろんだよ！　あれだけ綺麗に作ったから手間隙かかったんだよ！　色々なものを犠牲に、僕の情熱をつぎ込んだものなんだ！　それを捨てられちゃうのは、身が裂けるような思いなんだよぉ……おう、おうぅ……」

僕は膝をつき、顔を覆って涙を流した。もちろん半分本当のことだから涙も本気だ。

「そ、そんな泣かれても……あうぅ……で、でも操る力があるのは困ります。あれは……どうにかしてなくすことは出来ないのですか？」

そうだ！　その手があった！

「……できるよ！　もちろんそのつもりで話していたんだ！」

「ひゃあぁっ⁉」

僕は必死になって彼女の足にしがみついた。

「お願いだよ！　ちゃんともう操れないようにするから！　綾部さんの目の前で機能解除するから！　信じて、お願い！　だからせめて、あのフィギュアだけは返してよぉーー」

「うっ、は、離してください！　もう……それじゃあ、ちゃんとその操る機能を解除してください。そうすればその……返してあげてもいいです。もちろん私の恥ずかしい写真とかと交換ですからね？」

「あ……ありがとう……」

こうしてようやく希望の光が見えてきた。

「そうだ。実はもうデータは持ってきているんだよ。僕は信用されていないでしょ？　だから信じてもらおうと思って、先に約束を守ろうと……ほら」

僕はメディアを渡す。それは正真正銘、生のデータだ。コピーも一切してない。

勝負をするならとことんやるべきだ。まぁ……フィギュアがあれば必要ないし……。

「え？　そ、そうだったんですか……その心がけは確かに信頼できそうですね……」

僕の誠意が見事に伝わったみたいだ。

「……実は私も一応、持ってきているのです。あの人形……」

「え？　ほんと⁉」

「ええ……家に隠しておこうかと思ったのですが、なにかあると困りますし……大切なモノはしっかり、自分で持っておけば安心かなって……」

そう言って持っていたカバンから箱を取り出し、綿を敷き詰めた中に収めていたフィギュアを取り出した。

うわぁ……それはさすがに思いつかなかったなぁ……。

まさかこんな近くにあるなんて……。

「……では渡す前に機能を解除してください。あ……ちなみに、他の子でこういう人形を作っていないですよね？　作ったら私、今度は本気で警察に行きますから」

「つ、作ってない、作ってないよ！　僕は綾部さん一筋だから！」

「あうっ……な、なんだかそう言われると……恥ずかしいです……」

……あれ？　なんでそこで顔を赤くする？　普通は気持ち悪い顔をするところだと思うけど……。

彼女の行動になんとなく違和感があった。だけど今は、そんなことよりフィギュアだ！

「じゃあ解除するから……貸して」

喉から今すぐ手を出して奪いたいけれど、その衝動をぐっとこらえて極めて冷静に手を出した。

「だ、ダメです！　私が自分でやりますから、その方法を教えて下さい！」

ちっ……やっぱりダメか……でもここで僕しか解除できないとか言ったら、思いっきり妖しいし……。

「……わ、わかったよ。でも触れてないと反応しないから……えーと、じゃあ綾部さんが掴んでて。僕は頭を小指で触るからね」

「わ、わかりました……妙なことをしたら私、叫んで逃げますからね」

「う、うん……じゃあ、いくよ――これからこのフィギュアを動かしても本人の体は動かなくなる――はい、これで大丈夫」

僕はフィギュアの耳元にそう喋って小指を離した。

「え？ そ、それだけですか？ そんな喋っただけで……あっ、本当です。摘んでも痛くありません。脚を動かしてもなにもならないです。あぁ……よかったぁー……」

僕の紳士的な対応に、彼女は安心して納得してくれたみたいだ。

「……ね？ 大丈夫だよね？ もう、僕に返してくれてもいいよね？ ね？」

「うっ……わ、わかりました……もう二度と変なふうに使わないでくださいね？ それとちゃんとした服を着せてください」

「うん、わかった。わかったよぉ……あぁぁ！ 帰ってきた！ 美咲が帰ってきたぁー！」

彼女から手渡され、嬉しさのあまり頬ずりする。

「あうっ……」

……あれ？ だからなんで、そこでまた顔が赤くなるんだろう？

僕が気色悪く頬ずりするのを見て、美咲はなんとなくもじもじしながら、顔を真っ赤にさせた。

……まあいいや。これでようやく僕のターンだ。

「おー……よしよし。じゃあ美咲――普段の機能に戻っていいよ♪」

そう言ってフィギュアの手足を、掴んで固定させた。

「……え？　あうっ⁉　か、体が……なんでっ⁉　まさか騙したのですかっ⁉」

当然、身動きの取れなくなった美咲は、その時点で全てを悟ってくれたらしい。

「……いや、騙してはいないよ。ただ機能解除なんて説明書になかっただけだよ。さて……数日間すごく寂しかったよ、美咲ぃ……これはもうお仕置きしないとねぇ、美咲ぃ♪」

「お、おしおきって……何をさせるつもりなんですか……？」

今まで、何度も色々なことをしてきただけに、美咲はかなり警戒をしているみたいだ。

まあ、僕がフィギュアを手にした以上、抵抗はできないし、しても無駄なんだけどね。

「そうだね……前のときはおねだりしてもらったけれど、今日は自分から積極的にセックスしてもらおうかな？」

「え……？」

僕の言葉に、綾部さんは表情を引きつらせた。

「じゃあ、さっそくだけど始めてもらおうかな」

「な、何をですか？」

「だから、セックスだよ。……まずは、美咲に服を脱がしてもらおうかな」

「……しなくては、だめですか？」

「うん、だめ」

はっきりと言うと、諦めたように嘆息した美咲が僕のベルトを外し、ズボンを下ろす。

パンツに指をかけたところで、躊躇うように動きが止まる。

「ほら、早く脱がせて」

「……はい」

指示をすると、顔をそむけながらパンツを下ろした。

「あ………」

期待にすっかり硬く勃起しているペニスが、勢いよく飛び出す。

横目にそれを見て、美咲は顔を赤くする。

「……じゃあ、この上にまたがって、股間にちんぽを押しつけるみたいにしてね」

美咲は何もせずに動かない。

……しかたないな。

「いいよ。したくないなら、してもらうだけだから」

僕はベッドの上に仰向けに横になると、フィギュアを使って綾部さんの体を操る。

「あ……そ、それは嫌ですっ、無理やりなんて……あ、ああ……」

フィギュアの力はやっぱりすごい。

美咲は、まるで自分から望んでいるかのように僕の上にまたがると、お尻を突き出すような格好になる。

背面騎乗位というやつだ。

むっちりとしたブルマの股間を、ペニスに押しつけてくる。

「うん……いい眺めだね」

「私は、最低の気分です」

「そう？　じゃあ、少しでも楽しめるように、腰を前後に動かして」

フィギュアを使って、美咲の大きなお尻を動かす。

股間をペニスに押しつけるようにして、前後に身体をゆすり始めた。

「ふ、あ………ん……こんなこと、もうやめてください。もうしないでください……」

言いながらも美咲は腰を使い続ける。

さらに硬くなっていくペニスが、美咲の股間と擦れ合う。

ブルマの感触と、わずかだけれど……たしかな熱気を感じる。

「んっ、んふ………はあ、はあ……あそこが、擦れると、なんだか……んんっ」

息が熱っぽくなる。耳の先やうなじが赤く染まる。

「はあ、はあ……んっ、んっ、止めてください……これ以上、されると……んんっ」

「されると、感じちゃってセックスしたくなるから？」

「それは……」

ブルマに指をかけ、ぐいっと横にずらす。

「あ……!?」

驚きの声をあげた美咲の顔が、羞恥に染まる。

パンツの中心は既に愛液で色が変わり、べっとりと美咲の股間に食い込んでいた。

「まったく美咲は素直じゃないね。ここは、もう……こんなに濡れているのに」

さらにパンツもズラして、秘所を露わにする。

薄桃色の割れ目はすっかりと濡れていやらしく光っていた。

「そ、それは……あなたに無理やりされているからです……」

否定の言葉も弱々しい。

「じゃあ、無理やりセックスしちゃおうかな」

「あ………」

竿を握って膣口に押しつけると、ぐっと腰を押し進めていく。

「ん………あ、ふっ」

にゅるりと、ちんぽが膣内に呑み込まれていく。

膣内はすっかり濡れ、潤んでいた。ペニスが深く沈むのに合わせ、愛液が滲みだしてくる。

「はあ……んっ、んふ……入って、きちゃってます……奥まで……」

今までほどには、嫌がっている感じはない。

何度もしてきたからか、美咲のおまんこは僕のペニスの形になり、すっかり馴染んだ。そんな感じがする。

「……気持ちいい？」

「…………」

僕の質問に、美咲は黙ったまま答えない。

けれども、聞いた瞬間にきゅっと膣が締まったように感じた。

やっぱりセックスにハマってきているんじゃないのか？

「この前は好きに動いてもらったけれど、今日は僕が気持ちよくなるように動いてもらおうかな」

「…………ど、どうすればいいんですか？」

嫌がっても、抵抗しても、結果は変わらない。それを理解しているのか、美咲は素直に聞き返してきた。

「ちんこにくびれたところがあるだろ？　そこを重点的に擦ってみて」

「こ、こうですか……？　ん、ん…………んう、あ、ん……はあぁ……あ、あっ」

腰を小刻みに上下するたび、亀頭が膣を出入りする。

「いい感じだよ。ときどき、ぐっと深く……奥まで入れて」

「はあぁ……んんんっ、んっ、んっ、あ、あっ、はあ、はあ……これ、やっぱり……変

「したくないのに、嫌なのに…………どうして、んっ、こんなに……は、ぁ……んっ、んあっ」

自分も気持ちよくなってきているのか、美咲の吐息が甘くなっていく。

指示をしてもいないのに、腰の動きが大胆になっていく。

ちゅぷちゅぷと、ちんぽが出入りするたび愛液がしぶいて股間をべっとり濡らしていく。

遠くからかすかに聞こえてくる授業の声。サボった僕らを置いて静まりかえった校内。

誰もいない保健室の中で、息を潜めるように、僕たちはセックスをする。

学校でこんなことをするなんて、少し前は思いもしなかった。

「んっ、んふ……あ、ふ……あ、あっ、ん、んっ、このくびれたところが、こすれるの……気持ちいい……んですよね?」

「うん……そうだよ。美咲も、僕ので気持ちいいのかな?」

「はあ、はあ……私は、私は…………んんっ、ふあ……」

答えは吐息に紛れてしまった。

腰を左右にくねらせ、大きな胸をたぷたぷと揺らしながら、腰を使い続けている。

亀頭が膣奥に触れると太ももに力が入り、お尻がきゅっと締まる。

ほどよい締めつけは、より強い快感を生み出す。


ですぅ……ぞくぞくってなって……んんっ」

「ねえ、美咲……セックス、もう嫌じゃないでしょ？　それどころか、好きになってない？」

「ちが……違います、そんなことありません……んんっ、あ……くっ」

美咲は否定の言葉を口にする。

けれども、美咲の身体は……おまんこは僕を最奥へと導くようにうねり、ペニスに積極的に絡みついてくる。

もう、美咲のことは一切、操っていないのに。

自覚しているのかいないのか、ぐちゅぐちゅと音を立て、ちんぽを求めて自ら腰を打ちつけてくるのだ。

「あ、あ……私、なんで、こんなことしてるんですか……しちゃってるんでしょう……んんっ」

「美咲がセックスを好きだからだよ。ほら、ちんぽでつくたびに、おまんこがきゅんきゅんってしてる」

「ちが、違いますっ。そんなこと……ありませんっ」

「自分でもわかっているんでしょう？　こんなに感じるようになってるなんて……。きっと、家でもオナニーしてたりしてさ」

「……っ」

僕の指摘に、美咲が一瞬、息を呑んで固まる。

からかうつもりで言ったが、図星だったようだ。

「へえ……そうなんだ。エッチなことはダメとか、セックスは嫌とか言ってたのに、オナニーはしてたんだ」

「あ、あなたがこんなことをするから……私、知らなかったのに、あんなこと、知らなかったのに……んっ」

「オナニーするってことは、気持ちいいんだよね？　知って良かったじゃない」

美咲の動きに合わせて、腰を激しく突きあげる。

「んひっ!?　は、はうっ、あ、あっ、い、いやっ、だめ、です……だめだめっ、そんなはげしくされたら……んふううっ♥」

強制的に送りこまれる快感を、全身で受け止めながら美咲は昂ぶっていく。

僕のほうを振り返る眼差しは、すっかりと淫らな色に染まっている。

彼女は、自分が今、どんなにいやらしい顔をしているのか、わかってないだろう。

楚々としていた美咲を、エロく堕とした。

そのことに、たまらない興奮を覚える。

「あ、あっ、あああ♥　だ、だめ……これ以上、されたら……できないの……気持ちよくなるの、がまん、できないのぉ……！」

「いいよっ。我慢なんてしなくて、もっと、もっと気持ちよくなって！　ちんぽでずぼずぼされて、イっちゃえ……！」

美咲の感じる場所を中心に擦り、突き上げる。

快感にすっかり蕩け、緩んだ口の端から涎をこぼしながら、美咲は腰をくねらせる。

「あ、あっ、いいっ、気持ちいいですっ、いいの……はあああぁ……♥」

恍惚とした笑みを浮かべ、淫らに腰を振りたくる……自分の意思で……。

もう、遠慮はなかった。快感を隠そうともしていなかった。

「あーっ、あっ、おまんこ、こすれてますっ、あついの、ぐりぐりってきてますっ、あ、ああっ」

お尻を自ら僕に打ちつけるように、激しく上下する。

ぱちゅぱちゅぱちゅぱちゅっと、淫らな水音が部屋に響く。

「く……！　そんなにされたら、もう……いくっ」

痛みを感じるほどに強く締めつけられ、火傷しそうなくらいに熱くなった膣襞に、敏感なペニスの粘膜が擦られる。

目の前で淫らな笑みを浮かべ、媚態をさらす美咲の姿。

「い、いいっ、いくっ、いっちゃいますっ、あ、あ♥　ああっ♥　い、いくううっ！」

背中を反らし、美咲が大きく喘いだ。

「ふああああああああああああ♥」

絶頂の喘ぎ声を上げると、そのまま前側に、土下座するような姿勢で倒れこんだ。

「はあっ、はあっ、ん、あ……………はふっ、あ、ん……あ、ふ……んんぅう……♥」

すっかり脱力したまま、美咲は満足げな笑みを浮かべていた。


「ああ……やっぱり美咲は最高だったな♪」

自室に戻り、再びこの手に戻ってきたフィギュアを見つめながら、さっきのセックスを思い出していた。

でも……本当の彼女じゃないんだよな……。

余韻に浸っていたけれど、ふと、そんなわかりきったことを考えてしまった。

『——好きだったからだよ！』

きっとあのときに言った自分の言葉が、自分の心に突き刺さったからだと思う。

「……好き……だったか……」

いや……今でも本当は好きだ。むしろセックスしてから余計に好きになってしまっていた。でももう今更、僕のことを好きになってくれるはずはない……。

でも……やっぱり相思相愛になれないかなと、諦められなくなってくる。

いや、さすがに無理だと思う。

でも少しだけなら、仲良くなることは出来そうな気がした。

だって今日もセックスする前には、ちゃんと話せていたし……その後は最低だったけど。

「……とりあえず、まずは怖がらせないように……普通に話ができるような関係を目指していこうかな……」

わがままだとは思いながらも、僕はもっと難しそうなことを望み始めていた。

第四章 操れないふたりの気持ち

学園では相変わらず、ふたりきりにはなれない。

でも、美咲が前ほどは女子と一緒に行動しなくなったからか、ほんの少しなら話しをする機会も増えた。

挨拶とか、一言二言だけど。

会話らしい会話ではないけれど、僕は積極的に声をかけるようにした。

もちろん、それだけだと距離が離れる一方だ。

だから、放課後になると美咲のことを呼び出して、ふたりだけで話しをするようにした。

セックスを強要することはなく、美咲の趣味や普段の生活についての会話が中心だ。

「――話したくありません」

最初はそう言われて、なかなかうまくいかなかった。

だけど僕は根気よく誘い続けることにした。

仕方なく、フィギュアをちらつかせてだけど……。

でも操ることは、もう絶対にしなかった。

そのうち根負けしたのか、ポツリポツリとだけど、話してくれるようになった。

「——そもそも最低なことをするのが悪いのです。嘘つきだし……それといつも元気がないし、なんだかオドオドしていて男らしくありません。それに、ちょっと身だしなみも悪いと思います。大体ですね——」

「あぁ……は、はい……」

美咲は、結構ストレスが溜まっていたのかもしれない。そりゃそうだよね……。

そのうちに少し開きなおったのか、ずばずばと僕の悪いところを指摘したり、不満をつらつらと語るようになっていった。

さすがに美咲に、面と向かって言われると落ち込むこともかなりあった。

だけど、僕は少しずつ改善していこうと努力することにしたのだ。

「……最近は、ちょっと身だしなみに気を使うようになりましたか？」

「あっ、わかる？　うん。美咲に言われて直したんだ」

「そんなことより、早くそのフィギュアを処分してください」

「うぅ……」

相変わらず、態度は厳しい。

だけどなんとなく、美咲も僕のことを少し見てくれる機会が増えてきたように思えた。

「……ただ、それだけしてくれればいいのに……そうしたら私だって……」

「……え？」

「……なんでもありません。とにかく、もう操らないでください。最近はしてないみたいですけど……」

「そ、そうでしょ？　使わずに、もっと仲良くなりたいと思ってるからね。だからその……エッチなこともしてないよね？」

「うっ……ま、まあ……そうですね……」

そう……僕はあのお仕置き以来、美咲とセックスしていなかった。

……そんなことを思い出したら、急になんだかしたくなってくる。

「あ、あのさ……その……久しぶりにちょっとエッチなことしたいかなーなんて……」

ついそう言いかけてしまうが、意外な反応が返ってきた。

「なっ⁉　お、思いませんよそんなこと！　私がなんでそんなこと思うんですかっ⁉」

「え？　あ、いや……僕がそう思っているんだけど……」

「はうっ⁉　そ、そうでしたか……って、そんなことしません！　絶対しませんから！」

美咲は顔を真っ赤にして、そっぽを向いてしまった。

ああぁ……また怒らせちゃったなぁ……でもこの衝動はちょっと抑えきれそうにない。

「ねえ、頼むよ！　セックスじゃなくていいから。ちょっとエッチなことだけさせてもらえればいいから……だ、ダメかな？」

「ん……ど、どうせ嫌だと言ってもするのでしょう……」

「操らないよ？　ほんとに嫌だと思ったら、やめてもいいから！　お願いします！」

「ん……前にもそんなことを言って、ウソをついたことがありましたよね」

「本当にごめんなさい！　しませんから！　今日は騙したり……いや、これからは騙したりしませんから！」

　僕はひたすら土下座した。

「……信用できません……できませんけどでも結局、私には拒否できないですし……ど、どんなことが……したいんですか……？」

「いいの？　やったーっ！」

　溜め息をつきながら、小さく頷いてくれる。

　まあ、諦めてくれただけだろうけど……でも僕のお願いに、嫌々でも応えてくれたことは嬉しかった。

「あの……それで、いったい……どんなことをすればいいんですか？」

　考えてみれば、今まで一度もしてもらったことがないフェラチオが、一瞬、頭をよぎった。

　けれでも、美咲がかなり譲歩してくれた今の状況で、無理を言いたくないし、拒絶されたらたまらない。

「ええと……パイずりとかどうかな？」

「……ぱいずりっていうのは、どんなことなんですか？」

もしかして……とは思っていたけれど、やっぱり知らなかったのか。

「おっぱいの間に、ちんぽを挟んで擦ったりすることだよ」

簡単に説明すると、美咲の顔がみるみる赤くなっていく。

「そ、そんなこと……ヘンタイさんがするようなことですよね？」

「いや、そんなことないよ？　エロ漫画でもエロ小説でも、ＡＶでも、みんな普通にやってるし」

「……全部、エッチな物ばっかりです……」

「うっ⁉　い、いや、それはそうだけど……女の子の読むような雑誌でも載ってるんじゃない？　最近は……」

「そうなんですか？　私は、あまり雑誌は読まないので……」

「そ、そうなんだ」

じっと僕を見上げてくる。

「はあ……わかりました。嘘は言っていないみたいですし、それに……ここのところ、本当にフィギュアを使って何もしてきませんでしたから……今回だけ、特別に……」

「本当にいいの？」

「あまり、何度も聞かないでください。嫌だって言いたくなってしまいますよ？」

「あ、うん。じゃあ……もう聞かない」

美咲の気持ちが変わったらたまらない。

「でも……誰かに、見られたりしたら……」

ここは教室だ。

いくら放課後で人がいないとはいえ、見つかる可能性を否定はできない。

「だったら、机の下に隠れてするのはどうかな？　それなら、見つかりにくいしっ」

他の場所へ、という選択肢もあっただろう。

でも久しぶりのエッチなことへの期待から、時間をかけたくなかったのだ。

「わ、わかりました……では、そうしますね」

僕の言葉を聞き、美咲は机の下に入ると、ぺたんと女の子座りをする。

これなら、外からちょっと見ただけだと、すぐに気付かれることはない。

……ちゃんと見られたらバレバレだろうけど、それは言わないでおく。

「その、ぱいずりをするためには…………ぬ、脱ぐ必要がありますよね？」

「うん。服とか下着が汚れちゃうしね」

美咲の顔は真っ赤に染まり、潤んだ目が落ち着きなく左右に泳ぐ。

「わ、わかりました。すると約束したのは、私ですから……」

決意したのか、美咲は胸に手をかけ、制服をはだけていく。

「お、おお………」

以前よりも柔らかさを増し、しかも少し大きくなったように見えるおっぱい。

乳房を包む、可愛らしいデザインのブラが露わになる。

「………」

わずかな逡巡の後、背中に腕を回してホックをはずす。

ぷちっと小さな音と共に、ブラが緩み、まろびでたおっぱいがぶるんっと揺れる。

「うわ……」

すごく久しぶりな気がする。

思わず、じっと見つめてしまった。

「あ、あまり見ないでください……」

腕を組むようにして、胸を隠してしまう。

けれども、それがかえっておっぱいを強調して、エロく見える。

たまらない！　早く、早くしてほしいっ。

内心を表すかのように、ペニスがバキバキに硬くなり、勃起する。

ヘソにくっつきそうなくらいに反り返っているちんぽを前に、美咲はその表情に浮かぶ羞恥の色をさらに濃くした。

「こ、こうして見ると……おっきい、ですよね。これが、私の中に……」

ちんぽを見つめ、こくりと唾を飲む。

「たしかに、じっと性器を見られると……恥ずかしいね」

「あ……!?　み、見てるわけでは……」

セックスまでしているのに、今さらだけれど、なんだか気恥ずかしい感じがする。

「ええと……それじゃ、その……して、もらってもいいかな？」

「わ、わかりました。あの……どうすれば、いいんでしょうか？」

「そ、そうだね……僕も、パイズリしてもらうのは初めてだけれど……」

ため込んでいたエロ知識の全てを使うのは今だ！

「えと……唾を溜めて、ちんぽにかけてもらって、おっぱいの間に挟んでもらえる？」

「え……？　そうしないと、だめなんですか？」

「ぬるぬるしてないと、動かしにくいし、濡れているほうがお互い気持ちいいよね。セックスのときもそうでしょ？」

「……そ、そうですね」

セックスをしていたときのことを思い出したのか、美咲は恥ずかしげに目を伏せながら、頷いた。

「は、始めますね」

早口でそう言うと、口をもごもごさせる。

「んあ………」

軽く開いた口から舌を出すと、とろりと唾液が亀頭の上に滴っていく。

僕のちんぽが、美咲の唾液であっという間に熱く濡れていく。

「あとは、お、おっぱいの間で擦るんですよね？」

「う、うん。お願いします……」

美咲の緊張が伝わってきて、思わず丁寧な言葉になってしまう。

「ん………こ、こうでしょうか……？」

張りのある乳房の、その間にペニスを挟みこむ。

「う、あ………！」

柔らかく、あったかい感触に包まれて、腰が小さく跳ねた。

「い、痛かったですか？」

「あ、いや、違うよ。思っていたよりもずっと気持ちよくて……」

美咲にパイずりしてもらっているという、視覚的な興奮もあるだろう。

「そのまま両脇に手を添えて、おっぱいを寄せながら、ゆっくり上下に動かしてもらえる？」

「わかりました……ん、ん、ん……んふ……ん、う……すごく、硬くなってます……ん、ん……」

美咲の大きなおっぱいが寄ると、ペニスは完全に包まれ、見えなくなってしまう。

体を上下させるたび、胸の谷間をちんぽが行き来して、亀頭がちょこちょこ顔を出す。

「はあ、はあ……んっ、んっ、はあ……これで、気持ちいいんですか……？」

「うん。めちゃくちゃ、気持ちいい……！」

セックスとは違う快感。

自分の手で擦るのとも、フェラとも違っていた。

「いいよ……う、気持ちいい……」

「そ、そうなんですか……こうすると、気持ちいいんですね……」

僕の返答を聞き、彼女は何事かを考えこんでいる。

「美咲……？」

「ん……ちゅ、れろっ」

「ふあああああっ⁉」

いきなり亀頭を舐められて、女の子のような声が出てしまった。

「な、なな、なんでっ⁉」

「こ、こうするほうが気持ちいいんじゃないかと思ったんですけれど……」

「あ、うん。気持ちいいけど……」

「友達が言ってました。口でしてあげると、カレシがとっても喜ぶって。今まで、意味がよくわからなかったんですけれど、こういうこと……ですよね？」

上目遣いに、美咲が聞いてくる。

僕はただ、何度も頷くしかできなかった。

「ふふっ、そうなんですね……では、続けますね……」

「ん、ん……んふっ、んっ、んっ……」

身体ごとおっぱいを上下に動かして、ちんぽ全体を擦る。

時々、動きを止めて亀頭にキスをして、舌でちろちろと舐める。

「はあ、はあ……う、くっ、すごい……………美咲のフェラ、気持ちいいよ……！」

「ん、ちゅ……ふぇら？」

「あ、えと……口でするのをフェラチオっていうんだよ」

「あ……なんだか聞いたことがあるような気がします」

そのレベルなんだ……。

「そうですか……これがふぇらちおなんですね……」

れるれると、ペニスを舐め回す。

「く、うくっ、あ、あ……んんんっ、美咲……そんなに舐められると……あうっ」

「先の溝のところが気持ちいいみたいですね」

楽しげに目を細め、舌先で鈴口をほじってくる。

「れる……れるっ、んっ、れる……んんっ、じゅ、ちゅむ、れるるっ、ちゅ……んっ、んっ、んっ、んっ」

舐めて、挟んで扱いて、舐めて、挟んで扱く。

単調で、変化のない行為。けれども、美咲にしてもらっているということだけで、くらくらするほど興奮してしまう。

「あああ……い、いいよ……すごく、気持ちいい……！」

「んっ、んっ、ここ、くびれたところが気持ちいいんですね？」

くすくすと笑いながら胸を上下させ、伸ばした舌でカリを舐める。

「うあ……うんっ、そこ、そこ……気持ちいいよっ」

「れるっ、れろろっ、じゅるっ、ちゅ、ちゅむ……んっ、んっ、おちんちん、ビクビクってしてます。とっても、熱くなって……んっ、れるぅっ」

「くうぅっ……！　そんなにされたら、出る……出ちゃうよっ」

「んっ、んっ、ん……射精、したいんですか？　ちゅ、ちゅむ、まだだめです。もう少しだけ、がまんしてください」

亀頭の周りをくるくると舌が回る。

唾液と先走りでぬるぬるになったペニスが、おっぱいの間を行き来して、くちゅくちゅと音を立てる。

「はあ、はあ……う、くぅ……がまん、できない……美咲、僕……イきたい。イかせてっ」

「れる、れるっ、ちゅ、じゅちゅ、らめれふ……いつも、いじわるしてまひたから、今日は、おかえひれる……んっ、あむっ、ちゅ、じゅうるるっ」

先端を咥えて鈴口を舌先でほじくってくる。

唇でカリを扱かれ、おっぱいでちんぽ全体を挟まれ、扱かれる。

「あ、ああ………」

気持ちいい、気持ちいい、気持ちいい……！　出したい、出したい、射精したい！

ただ快感だけが思考を満たしていく。

膝が震え、腰が小さく跳ね、ペニスが熱く張り詰めていく。

もう、だめだ……！

我慢の限界を、越えた——その瞬間。

びゅくうううううっ!!

水鉄砲で撃ち出したかのような勢いで、精液が美咲の口へ、そして顔へと迸る。

「きゃっ!?　んんんんんっ」

驚いた美咲がペニスから顔を離すと、押さえられていたペニスが、びくんびくんと大きく上下し、残っていた白濁が飛び散っていく。

「ん、はあぁ………だめって、言ったじゃないですか……こんなにたくさん、熱い精液……出しちゃうなんて……」

半ば呆然とした顔で呟いている。

「はあ、はあ、はあ……ごめん、美咲…………気持ち、よすぎて……」

「ん、はああ………すごい、勢いでしたね……」

顔や胸を白く汚した粘液を指で拭いとっていく。

「ああ……ごめん。とても我慢なんて、できなかったんだ……」

「ふふっ、いいですよ。許してあげます」

くすっと、艶っぽい笑みを浮かべる。

「意地悪しちゃいましたし、それに相手を気持ち良くしたいって気持ちも、わかりました」

「え？」

「な、なんでもありませんっ。気にしないでください」

顔を赤くして慌てている。

「こうして、自分からするのなら……少し楽しいかもしれませんね」

ぽつりと小さな声で独り言のように呟く。

僕に言ったわけじゃないだろうけど、ばっちりと聞こえてしまった。

エッチに目覚めてきたのはいいけど、美咲が本気になったら、こっちでも負けそうな気がするな……。

　そんなことを、少し思ってしまった。


　パイずりフェラをしてもらってから、さらに半月ほど経過していた。

　あの日からも、僕はフィギュアを使わず、美咲とごく普通に付き合い続けた。

　もちろん、学校の人間にはばれないように、普段は最低限の接触しかしていない。

　本当は、毎日、何度でもエッチしたい、セックスしたいと思うし、美咲と普通の恋人みたいに遊びに行ったりもしてみたい。

　そんなふうに思うけれど――。

　最初の頃にしたことが、どうしても頭を離れない。

　ああしなければ、美咲と今の関係にはなっていないけれど、強引なことをしてしまったという後悔が消えるわけじゃない。

　週に何回か、学校が終わった放課後、美咲は僕と待ち合わせをして、部屋まで遊びに来るようになった。

　もちろんセックスどころか、キスさえしない、健全な関係だ。

　フィギュアのことが気にかかっているということもあるけれど、どうも着せている服にも興味があるみたいだ。

家にいるときは、勉強をしたり美咲の話を聞いたりして過ごすようになった。

だから——こんなふうにセックスをするのは、久しぶりのことだった。


「いくよ……！」

「……はい」

美咲の足を抱え、ゆっくりとペニスを押し込んでいく。

「ん……おちんちん、入ってきます……は、あぁ……」

ペニスが全部埋まると、美咲はうっとりと目を細めた。

細くすべすべの太ももを抱え、撫でながらゆっくりと腰を動かす。

「ん……ん、んっ……………あ、はぁん…………あ、あっ」

熱っぽい吐息、喘ぎ声は小さめだけれど甘い。

陰唇はぽってりと充血して開き、ペニスをしっかりと咥えこんでいる。

「美咲……本当にいいの？」

ここまでしておいて、とは思うけれど……今日は、美咲に誘われたようなものだった。

最近、エッチをしていないという話しから、フィギュアを入れ替えて、他の誰かに同じようなことをしてませんよね？　と聞かれた。

そもそも解除の方法なんてわからないけれど、美咲はそのことを知らない。

だから美咲以外にそんなことしないっ！　と告げて、フィギュアを見せたところ、ちょっとほっとしたような顔をしていた。

あれは……どういうことなんだろう？

僕の興味が他に移ってないことで、他人が被害にあってないことを安心したのだろうか。

それとも……。

「ん……どうしたんですか？」

セックスの最中に、考えごとをしてしまっていた。

「なんでもないよ……」

髪に鼻先を埋めるようにして、うなじにキスをする。そのまま首筋を舐めあげ、耳たぶをかぷっと噛む。

「ふあっ⁉　んんっ、くすぐったいです……」

耳を舐めながら、ふとももを撫で、ゆっくりとペニスを出し入れする。

「あ……ん、ふ……は、はう……ん、んっ……んう……あ、あ……」

最初のうちは、愛撫をしながらゆっくりと出し入れをくり返す。

体質的に量が多めなのか、美咲のおまんこはすぐに愛液でぐしょぐしょになる。

そうしたら、少しずつ動きを激しく、大胆にしていく。

「んんんっ、んあぁあっ、あふっ、あぁぁんっ。んあぁあっ！」

喘ぎながら腰をよじる。その動きに合わせて、大きな乳房がたゆんっと揺れる。

「はふ……ん、おっぱい、好きですよね……」

僕の目線に気付いたのか、美咲が苦笑気味に言うと肩を小さくすくめる。

「え？　そ、そうかな？」

「だって、すごく胸……見てますし、エッチのときも触りますし、この前は……おっぱいでしましたし……」

「うう……おっぱい星人のつもりはなかったんだけど、そうかも……」

「べ、別にもう……嫌じゃないですから……したいなら、してもいいですよ？」

自分からおねだりすることには抵抗があるっぽいけど……これは、もっと触ってほしいってことかな？

「じゃあ、そうさせてもらうね」

体を抱くようにして胸に手を這わせる。

ふにゅんっと、手の平を押し返す柔らかな感触を楽しみながら、優しく揉みこんでいく。

「んっ、んっ、あ、ふぁ……あ、ああ……んんっ」

「女の子……というか、美咲もおっぱい好きじゃない？　触られるほうだけど」

「そ、それは……んんっ、わからない、です……触られると、ドキドキして……んんっ」

充血してぷっくりと膨らんでいる乳輪をなぞり、乳首を軽くつまんで擦る。

「ふあぁあっ、んんんっ、乳首そんなに弄られると感じちゃいます……あふっ」

十分に性感が発達してきているのか、刺激を受けた乳首は敏感に反応し、より硬く尖っていく。

ぶるっと、細い肩を振るわせながら、美咲は気持ちよさそうに喘ぐ。

乳首をつまんで扱き、乳房を揉みしだく。

にゅっぷにゅっぷと卑猥な音を立てて、膣内をペニスでかき混ぜる。

泡だった愛液が白く染まり、とろとろと溢れ出してくる。

ああ……すごい、気持ちいい……！

久しぶりのセックスというのもあるけれど、やっぱり……相手が美咲だというのが大きい。

他の女の子としても、きっとこんなに気持ちよくならないに違いない。

折れそうなくらいに細い腰を抱き寄せ、太ももを支えている足をぐっと持ち上げる。

「あ……ああ……恥ずかしいです……」

結合部分が丸見えになるほど大きく足を広げ、秘口を突きまくる。

「ん、はあああぁ……♥」

降りてきた子宮に先端が当たると、びくんっと全身が震える。

じゅわりと愛液がさらに滲み、つながっている部分だけでなく、太ももを伝い、シーツの上に染みを作る。

「あ、は……んんっ、奥……ぐりぐりって、して……ほしいです」

ちんぽをより深く受け入れようと、腰を押しつけてくる。

「こう……？」

足をより高くあげさせ、股を開き、股間を密着させるようにペニスを押し込む。

「んうううううううっ!!」

亀頭が子宮口を叩き、コリコリした部分を撫で回すと、美咲の足が上下に揺れる。

「ひ、ひあっ、あ、んあああっ、ふ……しゅご……すごい、です……そこっ、奥……いい……♥」

もうすっかり性感帯となった膣奥を責められ、美咲は口の端から涎を垂らしながら喘ぐ。

「あ、ああ……もう、もう……だめ、だめになっちゃいましたぁ……これ、これがないと……んんっ」

抑えきれない快感に、全身に広がっていく悦びに、耐えきれないように派手な喘ぎ声を上げる。

「ふああっ、おちんちん、おちんちん、きもちよすぎますっ、よしゅぎちゃいますぅ♥」

「僕も、気持ちいい……美咲のおまんこ、めちゃくちゃ気持ちいいよっ。美咲とのセックス、いいよっ。もっとしたい……全部、出したいっ」

そう口にしながら、美咲の体を強く抱き締める。

「はあ、はぁっ、んっ、んっ、い、いいですよっ。私だけ……私にだけは、しても……いいですからっ」

僕の気持ちを受け入れてくれた、と単純に喜ぶことはできない。

でも、美咲は僕が一緒にいることを、もう許してくれている。

こうして体を重ねることを、受け入れてくれた。

「好きだ、美咲……好きだ……！」

「あ、あっ、んあっ、ああ♥　あふっ、んあああっ♥　わたしも……んんんっ!!」

喘ぎ声の合間に、かすかに聞こえた言葉。

美咲が僕に欠片でも好意を持ってくれている。それが本当なら、どれほどの喜びだろう。

「美咲、美咲、美咲……！」

気持ちを伝えるように、いっそう激しく腰を動かす。

すっかり僕のちんぽを受けいれることに慣れたおまんこが、悦びを表すように熱く包みこみ、締めつけてくる。

「あ、あ、い、いいっ、気持ちいいですっ。おちんちんで、もっと……擦って♥　もっと、たくさん、気持ちよくしてくださいっ♥」

快感に蕩けた顔は、可愛らしくもエロく、僕の興奮を誘う。

「美咲、出るよ……僕、出る……」

「ああ……出してくださいっ、私のおまんこに、出してください……！」

互いに腰を使いあい、動きは激しくなって、快感はさらに強くなっていく。

「んあっ、ああっ、なか、かき混ぜられて……んくっ、あ、ああっ、奥まで、届いて当たって……んんっ♥　い、いい……いいですっ。私も、もう、もう……！」

焦点が甘くなった瞳が空を泳ぐ。

腰を中心に、全身に震えが広がっていく。

「あ……だしてぇ……おまんこ、射精してくださいぃ……!!」

叫ぶようにそう言うと同時に、大きくのけぞった。

「あ、あ、んああああああああああああっ!!」

「美咲……！」

美咲の絶頂と同時に、膣奥へと射精する。

「んっ♥　あ、ふ………はあぁ……お腹の奥、熱くなってます……♥」

「はあ、はあ……美咲のおまんこに、全部……出してるよ……」

「ふふっ、そうですね。おちんちん、びくんびくんってして喜んでて……。私の中に出てるのがわかります……」

自分のお腹に手を当て、うっとりと呟く。

快感の余韻に浸りながら浮かべるその笑みは、とても満たされて、幸せそうに見えた。


あれから、フィギュアで操ってセックスすることはなくなっていた。

いつも僕のほうからお願いして、美咲がしかたなく応えてくれるという流れになってきている。

とはいえ、実際にセックスを始めると、美咲もかなり感じているようだ。

本気で嫌がっているわけでも、拒絶しているわけでもない……と思う。

それに、普段も美咲の態度は徐々に柔らかくなってきている。

まあ、それに反比例して、周りの女子連中の態度がどんどん冷たくなってきているのはご愛敬か。

けれど、それも全く気にならない。

何しろ学校へいけば――。

「おはよ、荒田くん」

「おはよう、美……綾部さん」

こんなふうに、笑顔で挨拶をしてもらえるのだから。

たかがそれだけ？　と言われてしまうかもしれないけれど、それは僕にとっては大きな一歩だった。

そこから、自分なりに努力を重ねた。

少しでも美咲と一緒にいるため、美咲が僕のせいで悪く言われないために。

好きな人に合わせて女は変わる……なんて話はあるけど、本気なら男だって変わるものだ。

そのおかげもあってか、僕たちの関係は大きく変化していった。

挨拶だけでなく、話しをする機会も少しずつ増えた。

勉強のことや連絡事項とはいえ、長く話しをしていても、周りの邪魔が入らなくなった。

何気ない会話ができるようになった。

そうして、時間を積み重ね、最近はなんと一緒にお昼を食べるようになった。

美咲に誘われ、一緒に帰ることも増えた。

それはまさに、僕の描いていた恋人のシチュエーションのようだった。

普通に接してもらえるようになるまで、すごく長くかかったように感じる。

……本来、美咲とこういう関係になることなんて不可能だから、長いか短いかなんて思うことじたい、あり得ないんだけれど。

周りからはもちろん『今年一番の悪夢を見ているようだ』とか『真相！　あのアイドルになにがあったのか？』などと言われ、学園は大いに僕たちのことで盛り上がっていた。

でも思ったよりも僕に対する風当たりは強くなかった。どうも美咲が嫌がってやっているようには、周りから見えなかったかららしい。

あんなやつにさえ優しく接するなんて『聖女』だ、みたいな声もある。

逆に、彼女のほうが悪趣味などと言われてもいる。

けれど、もともとおっとりとして万人に対して優しい性格だった美咲を、悪く言う人間ほとんどいない。

本当のことを知られたら、たぶん生きて学園を出られないようなことをしてしまった。

そのことを黙っているのは少し心苦しいけど……でも自慢の彼女ができたようで、すごく鼻が高い。

大半の人にはやっぱり『似合わないカップル』と言われている。

そんな話を聞く度に、まだまだ僕には努力が足りないと改めて実感する。

もっとふさわしい男にならないと……。

そうして僕は美咲に教わって勉強したり、裏で運動をしたりと日々、彼女と釣り合うような男になる努力をしていった。

「――少し変わってきましたね。荒田くん」

帰り際に立ち寄った喫茶店で、そんなことを言われた。

「そ、そうかな？　そうだとしたらきっと綾部さんのおかげだよ」

「あ……そ、そう……でしょうか……」

「……ん？　どうかした？」

なんだかちょっとさみしい顔をした。最近、そんな表情をすることが多い。

「……なんでもありません。ところでその……私の人形はどうしてますか？　最近あまり持ってきていないみたいですが……」

「ああ。ちゃんと部屋に大切に飾ってあるよ」

「むぅ……へ、変な服を着せてニヤニヤ嫌らしく眺めてませんよね？」

「そ、そんなことないよ……ちゃんと、可愛らしい洋服を着せているよ？」

たまにスモッグとか裸エプロンとかしてみたりするけどね……あれだってかわいい部類に入るから、ウソはついてない。

「……怪しいです。やっぱり心配ですね……というわけで私の趣味に合うものを、ちょっと作ってみたのですが……」

「え？　わぁ……」

彼女が取り出したのは、本当に可愛らしい小さな洋服だった。

「もしかして……自分で縫ったの？　すごいね……」

「ま、まあ一応、手芸部ですし……それに型も私のサイズを縮小したものですから、簡単でした」

「いいね。早速帰ったら着替えさせてみるよ♪」

僕はウキウキしながら譲り受けた。

「あ、あまりその……じろじろと見ないでくださいね……裸……」

「うん♪　なるべくね」

なるべく下着姿だけ見ることにしよう。そのほうがエロいし……。

「でもすごいね、服が作れるなんて。もしかして自分の服も作ったりする？　もしかしてコスプレとかは？」

「え？　いえ、そういうのはあまり……でも友達はやっているみたいですよ。私も一回誘われたことがありましたけど……ちょっと恥ずかしすぎて、ついていけそうにありませんでした……」

「あ、ああ……確かにまあ、アニメとか見てないとそうかもね……」

思いっきりフリフリだったり露出しまくりだったりするから、美咲には抵抗があるかもしれない。

「あ、いいえ。そういうアニメだからとかではなく……撮られるじゃないですか……いろいろな人に、見られて……」

「あっ、そっち？　じゃあ、別に他人に見られなければ、そういう格好は大丈夫なの？」

「え？　ま、まあ……でも荒田くんがいつも私の人形に着せるのは、嫌です」

「ああ……うん……」

ちっ……やっぱり際どいのは厳しいか……でも……。

「いや、僕だっていつもあんなのを着させてるわけじゃないんだよ？　ちゃんと可愛らしいのだって……あ、例えばこういうのとか」

そう言ってスマホに入れていた、僕がいまイチオシの『魔法少女・フリフリフリル』の絵を見せた。もちろんお子様が見ても、まったく問題ない健全なやつだ。

「あ……可愛いかもしれませんね……」

「でしょ？　じゃあ、今度コスプレしてみようよ」

「だ、だから、みんなに見られるのは嫌だって……」

「いやいや、僕だけだよ見るのは。部屋でちょっとした撮影会だけだから」

「うっ……で、でも衣装が……」

「買う！　僕が用意するから！　ね？　お願いだよ、一度だけだから」

「あ、ううぅ……」

というこことでなんとか頼み込み、後日、コスプレ撮影会を僕の部屋でする約束を取り付けることができた。

「え、えっと……やっぱりあの……恥ずかしいのですけど……」

「え？　どうして？」

「ここまでフリフリしてるのは、似合わないような気が……うぅ……」

美咲は真っ赤になりながら終始スカートを押さえつけていた。

「いや、すごく似合ってるよ。ほら、こっち向いて。うん、可愛いなー♪」

僕はすかさずカメラのシャッターを切った。

「なっ⁉　もう撮ってるんですか⁉　や、やだ……まだ心の準備が……んんぅ……」

「いいよ、いいよー。そうやって恥ずかしがってるところも可愛いー！」

「あまり可愛いと言われると……恥ずかしいです」

「いや、でも事実だし。本当にすごいよ。プロのレイヤーさんでも、なかなかここまで可愛く着こなせないって」

「そ、そうでしょうか……？」

最初は撮られるときに顔を隠していた美咲も、時間が経つに連れて段々と緊張が解けていったみたいだ。

そのうち、僕の指定するポーズまでしてくれるようになった。

「うん。サイコーだね♪　じゃあ、さっき見せたアニメみたいに、決めゼリフ言ってみようか」

「え？　え、えーっと……。あなたも私のフリルになってよ……い、いけー！　スソ！　エリ！　ソデグチソウショックッ！」

決め台詞と共に、ポーズを取る。

「うん、完璧だよっ！」

「ひゃ、ひゃぁぁーー……は、恥ずかしすぎるぅーーっ、もう無理ですっ！」

相当恥ずかしいのか、少し涙目になってベッドへダイブし、足をバタバタさせて悶えた。

って、けっこうノってたけどね。ああ……でもうそんな仕草もいい！

「いいよ、いいよ！　美咲が超絶可愛すぎて……ちょっと変な気分になってきちゃったよ……」

「ええっ⁉　も、もうっ！　やっぱり私をそういう目で見ていたのですかっ！　あっ……」

ベッドで内股に座り、真っ赤な顔でそう怒った美咲は、僕を見ながら目を丸くする。

その視線の先には、もっこり膨れた僕の股間があった。

「あっ⁉　い、いやっ、そうじゃないよっ⁉　最初からそういう目では……で、でも撮影してたらつい……こ、これはその……しかたないんだよっ、好きだからっ！」

「あうっ⁉　ううぅ……そ、そうですか……」

あ、あれ？　怒って……ない？

　今までなら、そんなことを言っても無視するか、顔を合わせようとしないだけだったのに、今日はただ照れているように見えた。

　これはいつになくいい雰囲気だ。

「あの……美咲……このままエッチ……してみないかな？」

「うっ……そ、そうですね……ここにはその……あ、あの人形もあることですし……逆らえないわけですから……ん……べ、別に……いい……ですよ……」

　お、おおぉ……こんなにすんなりとＯＫしてくれたのは、初めてじゃないだろうか……。

「で、でもあのっ！　カメラとかは……ダメですからね？」

「うん、もちろんだよ。美咲の可愛さは僕の目に焼き付けるから！」

「や、焼き付けるのも、できればやめてください……うぅ……」

「ふふ……わかったよ♪　じゃあ衣装のままで可愛い美咲を見ていたいから、僕の上に乗ってくれるかな？」

「え？　上って……あんんぅっ……」

　恥ずかしがる美咲の側に座って抱きつき、そのままベッドに横たえると、ゴロンと一回転して僕の上に彼女を載せた。

「こ、これからどうすればいいんでしょうか？」

またがったまま顔を真っ赤にして、僕を見下ろしている。

「マジカルクリーンは、汚れた世界を救うために遣わされたヒロインなんだよ。マジカルドライとか、マジカルアイロンとか、必殺技もたくさんあるんだけど……」

「さっきのが限界です。これ以上は……恥ずかしいです」

よほど恥ずかしかったのか、ちょっと涙目になっている。

初めてのコスプレだ。照れが入るのはしかたないか。

めちゃくちゃ似合っているし、アニメのキャラよりもずっと可愛いんだけどな。

これ以上は、無理強いをしてもしかたないか。

こういうのは本人が楽しいと思わなければ意味もないし。

「それじゃ、設定はどうしようか？　ベタだけれど悪の組織のオダークに捕まっちゃったヒロインが、エッチなことをされるっていう感じかな」

「え？　捕まるとエッチなことをされてしまうんですか？」

美咲は驚きに目を見開いている。

「エッチな漫画とかアニメだと、よくあるシチュエーションなんだよ。嫌なら、無理にとは言わないけど……」

「わ、わかりました。すると言ったのは私ですから……がんばってみますっ」

「じゃあ……始めるよ」

「は、はいっ」

勢いこんで頷く美咲を見上げながら、黒い笑み——に見えてるかはわからないけれど
——を浮かべる。

気分は悪の大幹部だ。

しかも、ずっと気になっていた魔法少女をやっと捕まえ、これから好き放題になぶることができるシチュエーションで、気分は高揚している。

「マジカルクリーン、お前もここまでだ」

「正義は、悪い子になんて負けたりしませんっ」

「ふっふっふ。本当にそうかな？」

馬乗りになっているヒロイン相手に強がる敵というのも変だけど、まあ……いいか。

僕とのやりとりに一所懸命で、美咲もあまり気にしてないみたいだし。

「マジカルクリーン、お前はもうぼ……私の罠にはまっているのだ。体が自由に動かないだろう？」

「え……!?」

驚いた顔をして、手足を動かしている。

……うんフィギュアは使ってないし、別に動きは制限していないよ。

「……大丈夫みたいですよ？」

「フィギュアを使ったら、本当に動けなくなっちゃうでしょ？」

「あ……そ、そうですよね」

ほっとしたというよりも、残念そうな顔をしているように見える。

「ええと……さあ、正義が悪に屈服するときがきたのだっ!!」

「た……たとえ、何をされても、正義は悪に屈しませんっ」

「では、証明してみてもらうおうかっ」

「な、何をするつもりですか……？」

魔法少女を捕まえた悪の幹部がやることなんて、一つに決まっている。

コスプレしている服の一部を脱がせ、おっぱいと股間を露出させた。

「きゃああっ!?　こ、これ……こんなに簡単に脱げてしまうんですか!?」

可愛らしい悲鳴を上げて、胸を隠そうとする。

「だめだよ、体の自由は奪われてるんだから」

「あ……そ、そうでした……で、でも………」

丸見えなのが恥ずかしいのか、目を伏せている。

「魔法少女といえども、一皮むけばただの女の子だな。大きな胸を、じっくりと弄ってやろう」

　手を伸ばしておっぱいを持ち上げる。

　たっぷりとした質感を楽しみながら、両方の乳房を揉みしだき、すでに硬くなっていた乳首を指の腹で撫で、擦りあげる。

「ふあっ⁉　んんんっ、だ、だめです……そんなことされたら、気持ちよくなってしまいますっ」

「ほほう。そうか、魔法少女はおっぱいで感じるのか。では、こっちはどうだ？」

　股間に手を伸ばすと、秘唇は充血してぷっくりと膨らみ、ほころんでいた。

　膣口から滲んだ愛液が、割れ目をぬるぬると濡らしている。

「なんだ、こんなに濡れているではないか」

「そ、それは……胸を、いじめられたから……だから……」

「これなら、愛撫の必要もないな。では……入れるぞ？」

「あ………」

　竿を掴み、亀頭を膣に宛がうと、美咲は自分から軽く腰を上げて位置を調整する。

「ふふふ……魔法少女のおまんこ、じっくりと味わわせてもらおう」

　ぐっと、腰を押しこんでいく。

「ん、ああ……これ、奥までにゅぷにゅぷって入ってきます……子宮に、おちんちんが当たってます……あ、あああ……！」

体がつながっていることで、心もつながっているみたいな気持ちになる。

くり返しセックスをしてきたこともあり、これ以上ないくらいにしっくりハマっている。

うねりながらも、強烈に締めつけてくる膣の感触は、たまらなく気持ちいい。

「く……あ……んんんっ」

ペニスがすっぽりと埋まると、美咲は艶っぽい吐息をこぼす。

「はあ、はあ……こんなことで、負けません……わ、悪い子には、おしおきですっ」

どうやら、まだ付き合ってくれるようだ。

「ふふふっ、おしおきできるものなら、してみるがいいっ」

ノリノリで反論しながら、腰を軽く突きあげる。

「はうう……本当に、恥ずかしいです……」

顔を真っ赤にして照れながらも、美咲は腰を揺すり始める。

「う、くっ、おしおきするなら……魔法を使わないと……くっ、さっき教えた台詞、もう一回、言ってみてっ」

「エリ……んっ、はあ、はあ……な、なんでしたっけ……？　気持ち、よくなってしまって……んっ、もう……わからなくなって……ふああ♥」

蕩け切った顔をして、腰を前後させる。

役に入り切るまではいかないけれど、美咲の可愛らしさと、その姿に興奮する。

二次元でしか存在しなかったはずのキャラと、エッチしている。

「んっ、お腹の中で、おち○ちんが大きくなって……ふあっ、おへそのところ擦れて……んんんっ」

たっぷりと滲んだ愛液で、つながった部分がぬらぬらといやらしく光っている。

真っ白な太ももを撫で、無駄なく引き締まった下腹部をさすり、可愛らしいおへそをくすぐる。

「ふぁっ。あーっ、ぁ、あっ、正義の魔法少女なのに、悪い子に、まけちゃいます……気持ちいいのに、負けちゃううぅっ」

目をとろんとさせ、淫らな笑みを浮かべている。

ペニスが動いているのがはっきりとわかるくらいに、お腹はぽっこりと膨らんでいる。

「ふああぁっ♥　い、いいっ、きもちいい♥　もう、いいのっ、気持ちいいのっ、まけちゃってもいいのぉ♥」

「悪の力の前に、屈するんだ……ほら、ちんぽでイって。ちんぽでイクって言うんだっ」

「あーっ、んああっ、い、いくっ。ちんぽでいくっ、いっちゃいますっ、あああっ、ちんぽ♥　ちんぽ♥　い、いくいくいくぅ……！」

もう、自分でも何を言っているのかわからないだろう。

美咲は淫らな言葉を口にしながら、絶頂へと駆け上っていく。

円を描くように腰を回し、ペニスが膣内で暴れる感触を楽しんでさえいる。

「あ、あああ……………んひっ、はうう…………!!」

腰を突き出し、天井を見上げるように背中を反らした。

そして――。

「ふあああああああああああああああっっ！！！」

絶頂、した。

「美咲……!!」

そして僕も、同時に達する。

ありったけの精液を美咲の中へと吐き出し、膣内を満たしていく。

「あっ♥　せーし、せーえき、たくさん……でてますぅ……んん、ふあああぁぁ……」

蕩けきった、だらしのない笑みを受かべ、はあはあと息を乱している。

細い腕で体を支えきれなくなったのか、僕の胸に倒れこむように抱きついてくる。

「はあ、はあ……どう、だった……？」

「ん、ふあ…………コスプレをして、別の自分になってエッチするのも……ちょっとだけ、楽しいかもしれません……」

「じゃあ……また、今度してみる？　他にも、着てほしい衣装もあるんだ」

「そうですね……また、今度」

柔らかな微笑を浮かべ、小さく頷いた。


「……結構、いい感じになってきたよね……」

ひとり、ベッドに横になりながら、さっきのことを思い出しつつ、最近の良好な関係を振り返っていた。

ちょっとずつ会話も増えて、一緒にいる時間も多くなって……そして一部だけど、わかりあえる共通の趣味や話題も増えてきた。

きっと彼女も僕のことを、これからも一緒に色々なことができる友達ぐらいには思っていてくれていると思う……たぶん。

僕にはもったいない素敵な女の子。関係について学園でいろいろ言われてはいても、僕自身はまだ、肝心なことを伝えていない。

友達では、やっぱり物足りない自分がいた。

「……ちゃんと……告白しよう……」

やっぱり僕は美咲ことが好きだ。体から始めた関係だったけれど、知れば知るほど魅力的だということに気付いて、もうどうしようもなく大好きになってしまっている。

セックス中に、勢いに任せて言ったことはある。

けれども、当然のように返事はもらえないし、彼女もそういう意味での告白だとは思ってないだろう。

だから――ちゃんと伝えよう。

あなたのことが好きですと。

恋人になってほしい、と。

でも、もし断られたら……僕はまたフィギュアにたよってしまうのだろうか……。

「……いや。それはもう嫌だな……」

かつてのような、フィギュアで無理矢理していたときと、使っていないセックスを振り返ってみても、改めて思ったことがある。

それはやっぱり使っていないときのほうが、彼女の素敵な笑顔がより多く見られるということだ。

その笑顔をまた曇らせるようなことは、今の僕にはもうできなくなっていた。

「……ふられたら、そこであきらめよう……諦めてフィギュアから解放する！」

僕は彼女のフィギュアを眺めながら、しっかりとそう決意した。

第五章 僕のモノになってください！

「……どうしたのですか？　なんだか難しい顔をしてますけれど……」

「――へっ？　あっ！　い、いや……な、なんでもないよ、うん……」

行動を起こそうと決めた日。

僕は彼女を誘って、この街で一番眺めのいい夜景を見にいこうと誘いだしていた。

やっぱり、こういうのは雰囲気が大事だ。

……って、雑誌やネットを見ると書いてあったから、色々と下調べしてベストなポジションを探しだしていたのだ。

アニメやフィギュア以外に、これほど一生懸命動いたことはない。

昔の僕では考えられない行動力だ。これも全ては美咲のため――。

「ほら、そんなに顔をしかめていたら、きれいな景色が楽しめませんよ？　ふふふ……」

「う、うん……そうだよね……」

緊張している僕とは違って、美咲はとても喜んでくれているみたいだ。

お金もかかっていないし、地元カップル定番の場所だから、正直がっかりされるかと思ったけど、杞憂だったみたいだ。

「でもこんなところがあるなんて知りませんでした……ありがとうございます、荒田くん」

「そ、そうなんだ……良かったよ」

周りに人もいない。雰囲気はいい感じ。

彼女の門限もあるので、そろそろここで言っておきたいっ！

「……すっ！　うっ……」

でも言葉がうまく出てこなかった。

告白するぞ！

——そう決めたはずなんだけど……付き合ってくださいというその一言が、なかなか言い出せない。

やっぱり拒否されるのが怖いからだ。

でも付き合い方自体は、もうほとんど恋人じゃないか。親密になってきていると思う。

例えば会話をするときの距離感が、今ではグッと近づいているし、最初は尻込みしていたコスプレ関連のイベントにも、今では一緒に行ったりすることができていた。

他にも、美咲の趣味である裁縫の買い物に付き合ったり、僕のフィギュア趣味のことも理解してくれたり。一緒に鑑賞したり衣装を作ってみたりと、お互いの趣味の重なるところが、だいぶ多くなってきた。

それにセックスも普通にしている。

もちろん、フィギュアを使って無理やりするようなことはしていない。

そういう雰囲気になったときに、僕からお願いする形でだ。

でも美咲は最近では戸惑ったり、嫌な顔をすることもなくなって、している最中もかなり気持ちよさそうにしている。

状況的に僕は今、とてもいい状態だと思う。

これなら大丈夫……きっと大丈夫だ……だから後は勇気だけなんだぞ、正勝。

「……よし、大丈夫」

自分にそう言い聞かせて、頬を叩いた。

「きゃっ⁉ どうしたのですか？ 急に……もしかして、そういうのが流行っているのでしょうか？」

「そ、そんなわけないでしょ⁉ いや、その……ちょっと聞いて欲しいんだ」

「え……？」

改まって僕は彼女の手を取った。

「知っていると思うけど……僕は君が好きだ！」

「あ……」

彼女は目を見開いて驚く。

「最初はすごくひどい形で傷つけてしまったけど……でもやっぱり大好きだって気付いたんだよ。だからフィギュアは使わずに、ちゃんと付き合いたいと思ったんだ……」

「荒田くん……」

「だから……僕のきちんとした恋人になってほしい！」

今までにないくらいの全身全霊をもって、彼女を見つめる。

「ん……そ、そういうお顔も……できるんですね、荒田くんって……」

美咲はそう言うと、僕の視線から逃げるように顔を背けてしまった。

「あ……や、やっぱりダメ……だよね……」

わかっていたことだ。誰が自分を傷つけた男を好きになるだろう。

それに所詮、キモオタだ。

こんなにレベルが高くて優しくて、眩しい美咲が僕を選ぶはずがない。

きっと今、手を握られていることすら気持ち悪いと思っているはずだ。

もういい……諦めよう。そんなふうに、思考がどんどん、昔に戻っていく。

「ご、ごめん……」

僕は自分の気持ちと共に、手を離す。

「ち、違います！」

「へっ……？」

だけど今度は彼女が、僕の手をギュッと強く握ってくる。

「ダメじゃないです！ ダメじゃないんですけど、その……ま、まだ上手く自分の気持ちの整理がつかなくて……」

そう言って、今度は優しく包み込むように握ってきた。

「確かにひどいこともされましたし、消えればいいって思っていたときもありました。でも少しずつ話していって、あなたのことが少しずつわかっていって……。今はそれほど嫌いだとは思えなくなってきているのです……」

「じゃ、じゃあ……受け入れてくれるって……こと？」

「ん……そ、それは……少し待ってください。もう少し、自分の気持ちを確かめたいのです……」

美咲は困った顔をして俯いた。

「……それじゃあ……保留ってこと……かな？」

「……はい。そうしてください……でも必ずお返事はしますから……」

「う、うん……」

なんだかはっきりしない結果に、喜んでいいのか悲しんでいいのかよくわからなくなる。

だけどまだ少しだけ、希望は残っている……ということでいいのかな？

「……でも驚きました。あんなに真剣な顔で告白してきてくれて……」

「あ……あはは……つい力んじゃって変な顔になっちゃったかな……」

「そんなことはありません。むしろその……すごく胸が熱くなりました……」

「――え？」

そう言って頬を赤くした美咲は、そのまま僕に抱きついてくる。

「んっ……熱くなって……そのまま少し全身が火照ってきてしまいました……」

「あ……」

つまりそれは……誘っているってこと⁉

こんなことは初めてだ。

まさか美咲から、そう言ってきてくれるとは思ってもみなかった。

これは告白の返事も、期待していいってことだよね？

でも、今は急かさないようにしよう。

今までさんざん僕のほうがひどいことをやってきたのだし、彼女の気持ちを今度はちゃんと尊重したい。

それよりも今は……。

「……門限とか……大丈夫かな？」

「はい……今日は少し遅くなるって言ってありますから……」

「……んっ、ちゅっ……ちゅむっ、はあっ、んんぅ……ちゅ……」

良い雰囲気のままで僕の部屋に戻ってから、すぐに抱きしめながらキスをした。

甘い匂いに包まれ、熱を帯びた彼女の吐息に否応なしに興奮が高まる。

それに……。

「んんっ、んあぁ……もっと……ぎゅっとしてください……んちゅっ、んぅ……」

お、おおぉ……おっぱい……。

彼女のほうから、僕にグイグイとおっぱいが押し付けられてる気がする。

今日は結構大胆だな……でもこれはこれでいい……。

「あんっ！　んんぅ……」

流れに乗ってそのままおっぱいを揉みしだいていく。

「んくっ、んぅ……そんなにいっぱい触って……はうっ、はあぁ……あなたの手……いやらしいですね……んんぅ……」

ええぇ⁉　だって押し付けてきたのは美咲なのになぁ……。

「あはは……やっぱり男だしね……嫌かな？」

「んっ……ふふ、ちゃんと聞いてくれるんですね……あぁぁ……そういうふうに気遣ってくれるのはいいと思います」

「あ……そ、そう？」

お……結構好反応。良かった……思ったことを直接言わなくて……。

やはり紳士的な対応が一番だ。こうして彼女の好感度を上げることができたのも、行動を改善してきたおかげだろう。

だから美咲も安心して、僕に体を委ねてきてくれているんだと思う。

「ん……もっと触りたいな」

「あっ、あぁ……んんぅ……はい、いいですよ……んくっ、んぁぁ……」

胸元を開けて綺麗な刺繍の入ったブラをずらすと、直接美咲の柔肌に触れて、その感触を愉しみながら弄っていく。

「んあっ、はあっ、んんぅ……なんだかそうやって触るのも、すごく上手になってきましたよね」

「え？　そうかな……でも綾部さんも感じやすくなってきたからじゃないかな？」

「そ、そうでしょうか……。んんぅ……自分ではそれほど変わってないと思いますけど……」

「そんなことないよ。すごく反応が良くなってきてるし……ほら、ここももう硬くなってる」

指先に当たる、硬く勃った乳首を転がす。

「ああんっ！　あっ、うぅぅ……い、言わないでください……んっ、んんぅ……恥ずかしくなっちゃいますぅ……んくっ、ふあぁ……はんぅ……あ、あの……胸はもういいですから……も、もっと違うところを……」

「え……？　あ……」

乳首の愛撫を受けながら顔を赤くしてそう言うと、きゅっと太ももを閉じた。

その切なそうな仕草を、僕は見逃さなかった。

うん……やっぱり今日はすごく積極的だ。そんなに欲しいのかな……。

そう思うと、なんとなく意地悪な心が動き出してしまう。

「ふふん……どこを触って欲しいのかな？」

「えっ？　あんんぅ……」

わざと太ももに手を置いて擦る。

「うぅ……も、もう……そうやって言わせようとしてますか？　んっ……い、意地悪……しないでください……」

「うーん？　でもどこだか言ってもらわないとなー」

「………やめましょうか？」

「ウソですごめんなさい！　ちょっと調子に乗りすぎましたー！」

顔をのぞかせたいたずら心はその場で土下座し、僕も素直に謝る。

「ん……女の子に言わせようとするからです……ふふ……」

あ……よかったーー……本気で怒ったわけじゃなかったのか……。

ほっと胸を撫で下ろす。前科のある僕には、これはまだ早すぎた。

「じゃあ今度はちゃんとしてあげるね。触るよ」

「あっ、はい……ど、どうぞ……」

恥ずかしがりながらも脚の力を抜いていく彼女のスカートへ、ゆっくりと手を滑りこませる。

「んあっ、あぁぁ……んんぅ……」

あ……熱くなってる……。

パンツの上からだけど、もうしっとりとした感じがしている。

……って言っちゃうと、また怒られちゃうかな。

「んんぅ……あ、あの……そのままされちゃうと濡れちゃうので……できればもう……ぬ、脱がして……ください……んんぅ……」

耳まで真っ赤にしながら、そう小さな声で訴えてきた。

まさか自分から言ってきてくれるとは思わなかった。

「……よろこんで♪」

「あうっ……で、でも見ないでくださいね？　脱がしたショーツは……」

「え？　う、うん……」

とは言っても、脱がすときにどうしても見てしまうし、結局、最終的には中身も見ちゃうんだけどなぁ……。

「あ……んんっぅ……」

「…………」

なるべく見ないように脱がしている間、なぜか無言になってしまった。

わお……結構濡れてたなぁ……。下着だけでなく、下半身は完全に脱がせてしまった。

「むぅ……み、見ましたか？」

「っ!?　見てない見てないよっ」

見てないけど、下着を持ったときの感触でわかってしまっただけだ。うん、嘘はついてないぞ。

「ん……一応、信じます……」

「ありがと……では気を取り直して……」

「はうぅ……んんぅっ！　あう……荒田くんの指……熱い……あぁ……」

秘部の入り口に触れると、やはりというべきか、愛液でかなりぬめっていた。

もうこれなら、もっとしてあげたほうが喜ぶと思い、そのまま中に入れてかき回す。

「んえっ⁉　ひうっ、ひゃあぁんっ！　あうっ、くっ、んんぅ……ああんっ！　もう中で動かしちゃ……くんぅ……あ、ダメっ⁉」

「へ？　あっ……」

まだ始めて少ししかしてないのに、膣壁がぎゅっと強く指を締め付けてくる。

「あうっ、うっ、ううぅ……んんぅっ！」

そしてピクピクと軽く震えた。

これは……。

「もしかして……気持ち良くなりすぎて、軽くイっちゃった？」

「んんっ、はんんぅ……は、はいぃ……こんなはずではなかったのですけど……ん……指だけで私……あうぅ……」

耳まで赤くして、素直に認めた。

「あ、あの……でも荒田くんがまだですし……んんぅ……こ、このままもう、してもいいですよ……」

「あ……そ、そう……」

僕のことを思ってそう言ってくれているのだろうけど……でも本当は自分もしてもらいたいって思ってるんじゃ……。

さすがにそれを確かめるのは野暮だから聞かないけど、周りくどい可愛いおねだりに、なんだかすごく興奮してきた。

「それともうひとつ……アレを……使ってもいいです……」

「アレって……え？　フィギュアをっ⁉」

まさかの凄いサプライズに、思わず声が弾んでしまう。

「で、でも綾部さん……使われるのは好きじゃないんじゃ……」

「そ、それは……勝手にされるのが嫌なだけです。でも今の荒田くんでしたら、変に使わないでしょうし……信用してますから……」

「綾部さん……」

「それに……勇気を出して告白してくれたのに、私はちゃんとお返事をできませんでしたから……だからせめてこれくらいは……そのお返しです」

「そ、そう……」

そこまで僕を認めてくれていることに、感謝で胸が熱くなる。

「うん……じゃあお言葉に甘えて……」

大事に飾っていたフィギュアを手に取る。

でもこれからセックスするのに、人形を握ったままなのはちょっとやりづらい。

僕も彼女も愉しくできるような使い方はないかな……。

「それじゃあ——意識を保ったまま、いつもより2倍感じるようになって、すごくエッチになる。っていうことでどうかな」

　フィギュアと本人の両方に喋りかけた。

「あ……？　あうっ、くんぅ……こ、この感じ久しぶりに……んあぁぁっ⁉」

「え？　どうしたの？」

　フィギュアを離して、再び彼女の体を触ると、ピクッと大きく震える。

「い、いえその……荒田くんに触れられただけなのに……な、なんだかすごく気持ち良くなってしまって……んんぅ……」

「あ……そんなに感度が上がっちゃったのか……」

　……でもそんな状態の美咲とセックスしたら、どんなことになっちゃうんだろう……すごく気になる！

　土下座していたはずのいたずら心が、好奇心という仲間を引き連れて僕と肩を組んだ。

「……じゃあ、このままやってみようか♪」

「え？　あっ、ちょ、ちょっと待って下さい⁉　はうっ、うぅぅ……い、今のままされると、なんだか怖いことに……あぁぁっ！」

　美咲の言葉を聞き流して、僕は正常位でペニスを、蕩ける膣内にゆっくり挿入していく。

「やうぅっ！　んくっ、ふあっ、あぁぁんっ！　な、なんですかこの感じぃ……んんぅっ！　ぜ、全然いつもと違うぅ……あうっ、くんぅっ！　荒田くんの太いのが入ってくるのがわかってぇ……んあっ、あぁぁっ⁉　奥がピリピリってぇ……んやぁぁっ！」

「んっ……と。全部入ったよ、綾部さん……って、くっ⁉　なんだかもう震えて……」

「あううぅっ！　んくっ、んんんんぅっ！」

根本まで入れると、搾るような締め付けと、ブルブル震える膣内がペニスを歓迎する。

「んあっ、はんんぅ……ま、またぁ……気持ち良くなって、とんじゃいましたぁ……」

「へ？　入れただけでっ⁉」

またイってしまったらしい。それほどフィギュアの効力はすごかったみたいだ。

「ふふ……こんなに感じてくれるとは思わなかったよ。これなら、何回でもイかせられそうだねっ♪」

その絶頂おまんこの快感がたまらなくて、つい腰が思いっきり動いてしまった。

「んえっ⁉　はううぅっ！　はっ、あうっ、うあっ、あぁぁっ！　だ、ダメですぅ……とんでしまってるのにそんなに動かれたらぁ……あっ、あぁぁっ！　頭がもうクラクラしてきちゃいますよぉ……んくっ、んっ、はうっ、うんんぅっ！」

絶好調に感じまくる美咲は、僕の抽送で何度も体を震わせて喜んだ。

軽くイきまくっているらしい。それなのに段々と自分からも、僕の動きを受け入れようと腰を押し付けてくる。

「おおぉ……綾部さんはすごいね。自分で腰を振っちゃって。貪欲に欲しがってるみたいだよ」

「んえぇぇっ!?　あうっ、んっ、んんぅ……そ、それは私のせいじゃ……あっ、あうっ、んくっ、んんぅっ！　き、きっと……人形のせいですぅ……だから勝手に動いちゃってぇ……あっ、あっ、ああんっ！」

「んー？　でも、それって本当に操られているだけかな？」

「んえ？　んんぅ……そ、そうですよぉ……だってさっきエッチになるように言ってたじゃないですかぁ……あうっ、あっ、はんんぅっ！　だ、だからこれはそのせいですぅ……んんぅっ！　本当の私はぁ……そんなにエッチじゃないですぅ……はあぁんっ！」

「そう……じゃあちょっと追加で——したくないことはしなくていい。嫌だと思ったらすぐに元に戻る。どう？　これで動かさずにすむよね？」

僕は腰を振りながらも、フィギュアにまた喋りかけた。

「ええぇっ!?　あっ、んんぅ……、そ、そうですねぇ……んんぅっ!?　はうううぅっ！」

「あ……もしかしてまたイった？　きついくらいに、おまんこでおちんぽ掴まれたけど？」

「ひうっ、はっ、んんぅ……は、はいいぃ……い、イっちゃってますぅっ！　んんくっ、んんぅっ！　あっ、ああぁっ！」

あまりにも熱烈な膣内の歓迎っぷりと快感の刺激に、一気に射精感が高まってしまうけど、それでも僕は力の限り、腰の動きを止めなかった。

「あうぅ……こ、こんなに何度も良くなり過ぎたら……あっ、ああっ、んいっ、はううぅっ！　んはあぁ……わ、私ぃ……おかしくなってしまいそうですぅ……ああんっ！」

「ん……あはっ♪　そうかもね……もしかしてもう、おかしくなってるのかもよ？　だって、ほら……自分から動かしてるよ？」

「んえっ⁉　ああっ⁉　あううぅ……な、なんで……っ⁉」

途中まで動かしていた僕の腰を急に止めて様子を見ていたら、美咲本人も気づかないうちに、やっぱり自分で出し入れを味わうように動かしていた。

「こ、これは……んんぅ……あうっ、んんっ！　あっ⁉　な、なんで⁉　んくぅ……と、止められないぃ……ああっ！」

しかもそれに気付いてもなお、彼女の腰の動きは続いていた。

「ふふふ……これはもう言い訳できないんじゃないかな。嫌じゃないから、セックスしてるんだよね？　くぅ……すごく気持ち良くて……やっぱりエッチになってるんだね♪」

彼女からいっぱい求めてきている。

それがこうして、目に見える形でしっかりと確認できたことに僕は満足し、自分からも腰の動きを再開させた。

「んひゃあぁっ⁉　あうっ、くんんぅ……ま、またぁ……んくっ、んんぅっ！　そ、そんな私ぃ……あっ、ああぁっ！　はしたなくなってぇ……んくっ、んああぁっ！　そんなはずぅ……ないのにぃ……んっ、んんぅっ！　あうぅ……ダメぇ……も、もうおかしすぎてわかりません……自分でなにをしちゃってるのかわからないぃ……あっ、あっ、あぁぁんっ！　はうぅ……ただぁ……ただ気持ち良くなりたいぃ……荒田くんとぉっ、気持ち良くなりたいぃっ♥」

何度もイキまくっているせいなのか、もう脚を抱えていた腕にも力が入らなくなってきてしまったみたいで、すべてを委ねるようにして僕のピストンを受け入れる。

「あっ、あぁっ、すごいぃ……んんぅっ！　ま、またイってしまいますぅ……んんっ！大きいのがきてっ、私ぃ……はうっ、あぁぁっ！」

「あぐっ!?　僕も限界……イクよっ！」

「んいっ!?　ひやぁぁあぁっ！　い、今でイきましたぁ……今のでイったのにっ、またっ、またっ、飛んじゃいますううううぅっ！」

僕が射精する前に、彼女は大きくのけぞっていき――。

ドピッ！　ドピュッ、ドピュッ、ドビュルルルルッ！

「うぎゅっ!?　ふにゅああああぁぁぁっ！」

奥で射精を受けながらも、可愛い声を上げてイった。

「んえっ!?　はっ、はううっ、うんんぅっ！　あっ、これすごすぎますぅっ！　はうっ、んんぅっ！　中で、ビクってするたびぃ……イクううぅっ！」

今までにないくらいに感じているのか、ペニスが跳ね上がる度にイっているみたいだ。

「やうぅっ⁉　んえっ、だ、だめですぅ……んんぅっ！　へ、へんぅ……あうっ⁉　あぁっ！　い、イクのがぁ……止まらないのっぉ！　んはあぁっ！　こ、これぇ……おかしいぃっ！」

「え、ええっ⁉　そんなに続くものなんだっけ？」

……あっ！　そういえば操るときに、いつまでって指定してなかったかな？

「ごめんごめん——もう普通に戻っていいよっ！」

「はぐんっ⁉　んはあぁ……はあっ、はあぁ。や、やっとぉ……おさまりましたぁ……」

おかしいぐらいに痙攣して締まり続けていた膣内が、ようやく落ち着きを取り戻した。

「ふぅ……良かったー、びっくりしちゃったよ。やり過ぎちゃったかなって」

「はあっ、はあっ、はうぅ……や、やりすぎですよぉ……んんぅっ、はうぅ……気持ちはぁ……良かったですけどぉ……んんぅ……」

かなりぐったりしながらだけど、彼女はそう言って微笑んだ。

でもあれだけ続くってことは、僕にイかされるのは嫌じゃないってことだよね……。

そう思うとすごくうれしくなった。

「あ……綾部さんっ！」

思わず気持ちが高ぶって、思いっきり抱きしめてしまう。

「あいっ⁉　ひゃぐううぅっ！」

「……え？　あうっ⁉」

またブルブルと全身が震えた。抱きしめただけでもイってしまったらしい。

「ご、ごめん……」

「はあ、はぁぁ……ま、まだ敏感になりすぎてるのでぇ……す、少しぃ……休ませてくださいぃ……」

「あ……そ、そっか……じゃあ抜くね」

「あう……そ、それはまだいいですぅ……抜かれちゃうとぉ……またイっちゃいそうだからぁ……んんぅ……」

「で、でもそれじゃ……」

「このままぁ……優しく抱きしめていてくださいぃ……」

「うん……それでおさまるなら」

今度は強すぎず、いたわるように優しく抱く。

「んんぅ……はい……これなら落ち着けそうですぅ……荒田くんに包み込んでもらえてるみたいで……♥　はあぁ……」

僕の腕に荒い息の美咲を包み込みながら、その場でしばらく様子を見た。

「――ん……はぁ……やっと落ち着きましたぁ……」

「うん……でもすごかったね。すごくエッチで可愛かったよ」

ようやく一息ついた美咲のおでこに軽くキスをしてねぎらう。

「あうっ……い、言わないでくださいぃ……大体、フィギュアを使っていいとは言いましたけど、あんなになるまで使うからですぅ……」

「えー？　でも使っていいって言ったからさぁ……」

「もう……あんまりすると、もう使わせてあげませんよ」

「なっ!?　と、ということは……そのうちまた使ってもいいってこと？」

「あうっ、ううぅ……ま、まあ……やり過ぎなければ、たまにでしたら……」

「わーいっ♪　ありがとっ、綾部さん」

そこまで許してくれたことが嬉しくて、僕はまたぎゅっと抱きしめた。

「あんっ!?　も、もう……んんぅ……」

あんなに嫌がってたのに、そこまで信用してくれるなんて……やっぱりきちんと恋人になってほしいなぁ……。

「ん……あの……今日は、急に下の名前で呼んでくれなくなりましたよね……」

「え？」

僕の胸の中で、彼女がそうポツリとつぶやいた。

「あ……そういえば……」

告白すると決めた時からだろうか。

余裕がなくなったからか、自覚してなかった。

「やっぱり、元々はそう呼んでいたからね……フィギュアを持って有頂天になって、なんでもできると横柄になって……カッコつけて少し無理して下の名前で呼び捨てにしちゃって……はぁ……なにやってたんだかなぁ……僕は……」

「え？　無理してやっていたのですか？　あれは……」

「もちろんだよ。じゃないと、あんなひどいこととか普通にできないし……僕だって一応、ちゃんとした良心はあるんだよ？　暴走して無くしちゃったけど」

「そうだったのですか……。ヘンタイさんと、真面目な荒田くんで、てっきり二重人格な人なのかなと疑っていた時期もあったのですが……」

「あ、ああ……そう思われてもしょうがないよね……」

本当にそう思われても仕方がないくらい、僕の倫理観はおかしくなっていたし、とんでもなく暴走していた。

まあ、そのきっかけになったのは、とんでもない機能のついたフィギュアのせいなんだけど……結局、心の弱かった僕の責任だ。

「ごめんね……本当に……」

「ん……反省しているのであれば、もういいです。でも……ちょっと残念ですけど」

「え？　なにが？」

「名前です。できればその……また呼んで欲しいんです……美咲と……」

僕の胸に顔をうずめながらそう言ってきたので、表情はわからない。

だけどモジモジとして、すごく照れているのだと思う。

そういえば彼女の友達は普通に下の名前で呼んでいるけど、男子でそう呼んでいる人はいなかったような気がする。

そんな彼女が、異性の僕に呼んでほしいと言ってきてくれている。ということは……。

「そ、それってもしかして……」

「ち、違いますよ？　ま、まだ保留ですからっ、保留ですっ！　んんぅ……ほ、保留ですけど……名前は呼んでも……いいです……」

どうやらまだ気持ちは整理出来てないけど、そこまで僕への返事は絶望的ではないみたいだ。

「うん……ありがとう、美咲……」

「あっ……はい。正勝くん……」

ようやく僕の胸から顔を離した彼女は、ニッコリと微笑んでくれた。

僕たちはまたそう呼び合うようになった。前とは違う気持ちを込めて。

エピローグ そして僕らはメロメロに！

「んはっ!?　あっ、あぁぁっ！　あうっ、んっ、んんぅっ♥」

美咲はとても気持ち良さそうに、喘ぎ声を上げた。

今までも少しだけ気付いていたけれど、これではっきりした。

「あぁぁ！　いいですぅ……正勝くんの、感じる……いいぃっ♥」

体の相性というものが、美咲と僕はとてもいいのだろう。

もしかして上手くいったのは、完全に僕のおちんぽに、ほだされてしまったのだろうか……。

まあ、さすがにそこまではわからないけど、それでもしっかりと僕のペニスを咥えて離さない。

「んあぁぁっ！　あぁぁ……こんなセックスぅ……すごいぃ♥」

その様子はあの理想のマンガのように、すっかり開発されているように見えた。

きっともう、僕とのセックスにすごく満足してくれているはず……。

そう思えるほど、彼女はこのキモオタで最低な僕とのセックスに感じてくれている。

僕なしではいられない……さすがにそれは言い過ぎかもしれない。

でもそれくらい、体はすっかり開発されてしまっているように思えた。

「あっ、あああんっ！　んんぅっ！　んんぅ……こんなに気持ちよくされてぇ……やっぱり私ぃ、正勝くんがいいぃっ！　んんぅっ！　はっ、ああぁっ！」

あの僕に嫌悪感を持っていた美咲が、そう言ってくれるくらいに僕たちは激しく交わり、そして色々なものを共有していた。

僕はフィギュアから、今はドールにハマっていた。

美咲はその衣装を、楽しそうに作ってくれるようになった。

さらにコスプレにも段々と抵抗がなくなっていき、自分からこれが着たいと言ってくれるようにもなった。

そんなわけで、今ではふたりであちこちのイベントに行ったりしている。

そしてオークションに出したその衣装は、とても評判良く瞬く間に売れて、その界隈では有名なコーディネーターとして日夜、注文を受けるくらいにまでなっている。

知らない人に評価されることは嬉しい。それはオタクでなくてもそうだろう。

それは美咲も同じで、忙しいけど毎日試行錯誤し、納品して、その評価に嬉しがる。そんな楽しい毎日を過ごしていた。

そして今日もまた、完成した衣装を僕の家でお披露目してくれていた。

「よいしょっと……着てみましたけど……ど、どうですか？」

「うん。すごくいいよ♪」

思わずサムズアップした親指が唸るくらい似合っている。しかも今回の衣装はかなり露出の高い服装だ。当然、僕の評価もグッと上がる。

「でも、美咲にしては大胆なのをチョイスしたよね」

「あうっ……やっぱりちょっと恥ずかしいですけど……でも頑張っちゃいました。正勝くんが好きだって言ってたから……」

彼女の着ているものは、最近僕がハマっているエロゲの、ヒロインが着ているお店の制服だ。

ちなみにエロゲなのにもかかわらず、美咲も一緒にやっている。

もちろん、やっぱり最初は抵抗があったみたいだけど、僕の力説と意外に泣ける内容に、いつしか彼女もハマってくれたみたいだ。

「そっか。でもほんとに再現度が素晴らしいよ。レイヤーさんのプロポーションがいいからとくにそう見える」

「んっ、嬉しいです。でも……正勝くんはエッチな格好だからそう言ってるだけなのでしょう？」

思いっきりいやらしい視線を感じたのか、ジト目でちょっと胸元を隠した。

「えっ？　そ、それだけじゃないよ？　それだけじゃ……」

「そう思っていることは認めるのですね……」

「だ、ダメかな？　エッチな僕は……」

「……ふふ。ううん、いいですよ。だって……そういう目で見てくれるときは大抵、すごく興奮するセックスをしてくれますから♥」

そう言って、ちょっと顔を赤くしながら微笑んでくれた。

「あはは、そうかな？」

「ええ、そうです。ふふ……でもエッチな正勝くんも大好きです」

「うん……僕も大好きだよ」

「ちゅっ……んんぅ……」

僕たちはそのまま当然のように唇を重ねて抱き合った。

もう一つ変わったことといえば、最近の美咲がますます、セックスに積極的になってきたことだ。

実は僕の告白への答えは、正式にはもらっていない。でもセックスのときに何回も言ってくれているので、最近はもう聞かなくてもいいような気がしてきていた。

「んちゅっ、んあぁんっ♥　もう、いたずらしちゃって……んっ、んんぅ……」

キスでは足らなくなった僕は胸に手を置き、股間にも指先を滑りこませた。

「ごめんね、僕はエッチだから♪　でも美咲だって待ち遠しかったでしょ？　こんなに濡らしてるよ」

「あうっ……はぁんっ⁉　あうっ、んっ、んんぅ……そ、そういうことは女の子に言わせたらダメなんだよぉ……お兄ちゃん……はうっ、んんぅ……」

「あっ、それって陽子のセリフ？」

陽子とはさっきのエロゲで、僕が一番押している女の子だ。

「ふふふ……たまにはなりきってみるのもいいかなと思いまして……んあっ、あんっ……」

「いいね。そういうしゃべり方も可愛いよ、美咲……」

興奮した僕の手は、ますます彼女の快感ポイントを弄くり回していった。

「あうぅ……でもお兄ちゃんっていうのは……んんぅ……慣れないから照れますねぇ……ああんっ！　はんんぅ……でもすごく感じちゃいます。正勝くんの興奮が伝わってくる……んくっ、んんぅ……」

僕の愛撫にとても感じてくれている美咲が、ふと飾ってあるフィギュアを見た。

「ん……今日は……使わなくていいんですか？」

「使うって……え？　いいのっ⁉」

今日はかなりの大サービスのようだ。

「だって、せっかくあの子にもこの服を作ってあげたのですから……私と一緒に可愛がってあげてください♥」

「あ……とか言って。もしかして本当は使ってもらいたかったんじゃない？　こうやって両方やると……」

美咲と同じ姿のフィギュアを手にして、同時におっぱいを愛撫してみる。

「ひゃうっ、くんんぅっ！　んあっ、ああんっ！　はうっ、そ、そんなこと思ってはぁ……はうっ⁉　んああっ！　はあ、はぁぁ……でもこれ、気持ち良すぎるぅ……」

この技は、偶然発見したものだった。

「ほんとに良さそうだね。快感が二倍になるのかな？」

「んあっ、はあぁ……そんな感じですぅ……んんぅ……正勝くんの指と見えない力で、いっぱい感じちゃうんですぅ……あんっ！」

「そうなんだ……良かった、そんなに喜んでくれて。もっといくよ♪」

「ふえっ⁉　あうっ、んんぅっ！」

本人とフィギュアのどちらもをすっかり脱がして、実物のおっぱいには唇で吸い付き、フィギュアのおっぱいは指先で弄る。

「やんっ、おっぱいが別々に弄られちゃうぅ……んはぁぁんっ！　そんなに吸っちゃ、やんんぅ……はあっ、あぁあっ……フィギュアもそんなにこねて……もう、おっぱい好きですねぇ、ほんとにぃ……あんんぅ……」

「もちろん。でも僕がもっと好きなのはここだよ」

僕が好きで彼女も敏感に感じる秘部を、フィギュアと一緒に愛撫した。

「んえっ、きゃううぅ……ああんっ！　きゅうにそんな、両方でされちゃったらぁ……あうっ、はっ、あんんんぅっ！　んあっ、あうっ、ま、待ってくださいぃ……こ、これ以上しちゃダメぇ……イクときは正勝くんので直接イきたいですぅ……んんぅっ！」

すっかり蕩け顔になった美咲が僕の腕を掴み、潤んだ瞳で訴えかけてくる。

「ん……じゃあもういいかな」

「はっ、はい……あっ！　でもちょっと待ってくださいね……」

「ん……？　え？」

なぜかベッドの上に座り直した美咲は、恥ずかしそうにしながらも、秘部が僕に見えるようにそのまま脚を広げた。

「んんぅ……え、えっと……確かゲームの中でこんなふうに言ってましたっけ……んっ……お、お兄ちゃん……私のヌレヌレおまんこで気持ち良くなってぇ……」

そう言ってぱっくりと自分から、テラテラと光る秘裂を開いておねだりしてくる。

「わお……やばい、もうがまんできないっ！」

「あっ……きゃんっ♥」

一気に高ぶった欲情に突き動かされて、美咲をバックスタイルに押し倒すと、フル勃起したペニスを躊躇無く、後ろからおまんこにねじ込んでいく。

「はうっ!? はああああぁっ♥ あぁぁ……きたぁ……正勝くんのおちんちん、きちゃったぁ……♥ んんぅ……このままぁ……いっぱいしてぇ……♥」

ああ……こんなにかわいい恋人にこんなふうにおねだりされて……僕は幸せものだなぁ……。

「——あっ、あああんっ！ んんぅ……こんなに気持ちよくされてぇ……やっぱり私ぃ、正勝くんがいいぃっ！ んんぅっ！ はっ、あぁぁっ！」

好きだからこそ、こうして今、裸になってふたりで激しく求めながらセックスを続けているんだ。

「僕も美咲に、こんなに締め付けられて嬉しいよ。そんなに欲しがって、僕を受け入れてくれてるんだね」

「あっ、はいぃ……そうですよぉ……あっ、ああっ！ んんぅ……そ、それにこれぇ……すごく感じ過ぎてるみたいぃ……あうっ、んっ、んあっ、はぁんっ！ もしかしてまだ……フィギュア使ってますかぁ？ んくっ、んんぅっ！」

「え？ いや、もう使ってないけど……」

さすがに挿入しているときは、元の位置に戻していた。

もちろん言葉で操ることもできるけど、それはあまりやりたくないし、もうあまりやらないと自分では決めていたし。

「んえぇっ？　あっ、あうっ、はんんぅっ！　そ、それなのにこんなに早くきちゃうなんてぇ……んあっ、ああんっ！　正勝くんとセックスしちゃうたびに私ぃ……どんどんエッチな子になっちゃってるみたいですぅ……あっ、ああんっ♥」

確かに美咲は体を重ねるごとに、感度が良くなっている。

これも僕の開発のおかげかな？

……なんてことをちょっとだけ考えながら、自分の胸の中にそっと閉まった。

言ったら絶対、怒られるしね……。

「……ふふ、でも僕は嬉しいよ、美咲。恋人の前でだけ淫らに乱れるなんて、男の理想的な彼女だよ」

「なうっ、んんぅ……で、でもそれってエッチな子って認めたってことですよねぇ……あうっ、んんぅっ！　はんんぅ……もうっ、そんなふうに見てるんですかっ、正勝くんはぁ……ああんっ！」

あ……言わなくても怒られた。

「んふふ……なんて、冗談ですよぉ……あっ、あんぅ……あなたの前では私はもう、エッチな女の子になっっちゃってもいいんですっ♥　んんっ、んんぅ……」

「……美咲っ、大好きだっ♪」

「んえっ⁉　やうっ、はっ、んいいぃっ！　あっ、やだっ、まだそんな激しくぅっ⁉　んっ、んっ、んあっ、あぁぁっ♥」

その仕草も声も、あまりにもツボにハマった僕は、全力で愛そうと腰を思いっきり打ちつけた。

「やうっ、んはあぁっ！　あっ、届くぅっ♥　ああんっ……もう子宮がぁっ、いっぱいおちんちんでコツコツされちゃってるのぉ……んくっ、ふなっ⁉　あうっ、ほら、また強くぅっ♥　あうっ、あああぁぁっ！　ノックいっぱいでぇ……頭の中までっ、響いてきちゃうぅ♥」

「おおっ⁉　もう奥が震えちゃってるね……これは気持ち良すぎだよ……僕、出すよっ！」

もう少し愉しませようと思ったけどもう限界で、最後に向けてラッシュをかける。

「はうっ、んああぁっ！　あっ、私もっ、もうダメっ、あぁぁっ！　い、イっちゃいますぅ……イきながら正勝くんの精子っ、欲しいぃっ！　んゆっ⁉　んにいいぃっ！」

「え？　くうぅっ⁉」

予想外の急な締め付けと、子宮口の痙攣に驚いた。僕が出す前に、先に美咲がイってしまったみたいだ。

「あぐっ……僕もすぐにイクからねっ！」

ペニスに吸い付いて離そうとしない膣全体を、僕は強引にピストンし続けた。

「あううっ⁉　ひうっ、ふにゃっ、やひぃぃっ！　い、イってるのにぃっ、まだ動いてぇっ⁉　はうっ、うっ、んひっ、すごっ、しゅごっ、しゅごおぉぉっ！　これらめぇっ、ば、バカになりゅううぅっ！」

感じすぎてるのか、ろれつがおかしくなってきた美咲は、すごくだらしない顔をしてよがった。

「あっ、あえっ、わたひっ、わたひぃ……グチャグチャに溶けりゅっ……正勝きゅんのおひんひんれぇ……イきしゅぎりゅうううぅっ！」

「出るよっ！」

ドクンッ！　ドビュッ、ドビュッ、ドビュルルルルッ！

「うきゅっ、あいいいぃぃぃいっ♥」

ペニスを掴まれるような締め付けで、美咲の膣内がまた喜びに震える。

「んはっ、んへぇ……はうっ、ふあぁぁ……子宮にドバってきてぇ……熱いのできゅうぅ……ってぇ……しゅごいれすよぉ……んんぅ……」

亀頭に張り付く子宮口が射精で跳ねるのと一緒に、キュポキュポと吸い上げて飲み込んでいくみたいだ。

「んあっ、はあっ、はあぁ……さ、さいこー……れしたぁ……んんぅ……こんなになりゅのぉ……初めてかもしれましぇんぅ……はあっ、はんんぅ……」

「そんなになるまでイっちゃったんだ。ありがとう、僕でそこまで感じてくれて」

「お礼はぁ……わたしのほうれしゅうぅ……んんぅ……でも、ちょっとらけぇ……このまでいてくだしゃいぃ……」

そうして絶頂で上がった息を落ち着かせるために、繋がったままでしばらく抱き合って過ごした。

「――んんぅ……んはあぁ……はううぅ……」

「平気？　美咲」

「あ……は、はい……んんぅ……でもまた恥ずかしい顔、いっぱい見られちゃいました……」

「あははっ、でもどんな表情でも、美咲はやっぱり可愛かったよ♪」

「もう……可愛い可愛いって言ってばっかり……んんぅ……そうやって見つめられながらだと照れちゃいますってばぁ……♥」

「ふふ……美咲は最高の恋人だよ……」

頬を赤くして照れる彼女の頭を、そっと撫でながらまったりとした時間が流れていく。

「……ねえ、正勝くん……私のあのフィギュアってどこで作ったのですか？」

「え？　ああ……ネットで素体を買っただけど……でももうそのページを消しちゃったみたいで、探しても見つからないんだよ」

「そうなんですか……残念ですね……。私、できればあなたのことを操れるフィギュアが欲しかったのに……」

「えぇぇっ!?　なんで今更……ま、まさかそれで僕に復讐しようとしているんじゃゃ……」

こんなに仲良くなったと思ったのに……やはり彼女にしてしまった僕の罪は根深いものだったのか……。

「ふふっ、違いますよ。そんなことを考えていたら、こんなに好きになることなんてないですもの♥　んっ、ちゅっ……♥」

「あ……んっ……」

美咲の熱くて甘い濃厚なキスが、僕の不安を溶かしていく。

「んんんぅ……ね？　信じてもらえました？」

「うん……そうだよね。美咲が僕をそんなふうに見るわけないよね。でもじゃあ、どうして欲しいの？」

「ん……だって寂しそうじゃないですか。私、ひとりだけだと……あの子が……」

そう言って美咲はあのフィギュアを見ていた。

「あ……確かにそうだね……」

周りにはドールが数体あるけど、どれも女の子だし……それにやっぱり美咲の隣には僕を置いておきたい。

「じゃあ、作ってみようか。男のフィギュアはやったことないけど……」

「あ……それじゃあ私も一緒に作ります。教えてください。ね？」

「え？　う、うん、いいけど……」

今まではドール衣装だけで、フィギュア自体にはそこまで興味がなそうだったのに、妙に美咲は乗り気だ。

「ふふふ……だってあの子と同じくらい精巧に作ってあげないと……そのためには、自分では見られない身体の隅々まで、いっぱい知っている人が必要ですよね♪」

「あ……そ、そうだね……」

確かに美咲には、僕の全てを見られているし……でもそう改めて言われると少し恥ずかしくなってくる。

「それに……私が心を込めて作れば、操れるようになるかもしれませんよ？」

「なっ!?　やっぱり操りたいんじゃないの!?」

「ふふ……だって、操って何度もイっちゃう正勝くんも、ちょっと見てみたいですもの♥」

「い、いらないよ、そんなの……それに美咲がいれば何度だってイけるしね」

「あんっ♥　も、もう……エッチなんだから♥」

そんな感じで、僕たちはまたイチャイチャしながら何度も愛し合った。

後日、あの美咲のフィギュアの横に、僕のフィギュアも置かれることになった。

もちろんあの不思議な機能はないけれど、それでもふたりが並んでいる姿はとても仲が良さそうで、心なしかどちらも微笑んでいるように見える。

「……これからも大切に飾っておけばいいね」

「はい。私たちもああやって、いつまでも並んでいたいですね……」

「うん……そうだね」

ふたりで眺めながら、そう言って抱き合う。

ちなみになぜか彼女のフィギュアからは、いつの間にかあの不思議な機能がなくなっていて、もう操ることもできなくなっていた。

でも残念だなとは思わなかった。

セックスだけのつもりが、いつの間にか同じような趣味の恋人ができた。

それだけでもう僕は満足だった。

だからもう、あの魔法のような力はいらないんだ……。

僕たちは、いつだってお互いのためなら、なんだって出来るようになったんだから。

END

あとがき

みなさんこんにちは。メロンバロンと申します。

　毎日眺めて心を癒やしてもらっている、素敵なフィギュアを題材としてみました。フィギュアが人間に……とかではなく、操作アイテムとしてですが。とはいえ、初恋の女の子のフィギュアだったら、とても欲しいですね。いつかは3Dプリンターでクラスメイトを卒業制作とか、ないでしょうか。アルバム的な意味で。立体スキャンでそれはもう、一生のオカズになること間違いなし！　ポーズも付けられるのを希望します！　いやむしろ着せ替え用に、リアルな制服と体操服を……いくらでも出すよ……。

　そんな内容ではありませんが、好き勝手にエッチできちゃう小説もぜひお楽しみ下さい。


　それでは、謝辞など！　挿絵を担当していただいた「るしゅーと」様！　可愛らしいヒロイン、ありがとうございます。ほんとに悪戯したくなるタイプで、素敵でした。

　そして読者の皆様。数ある作品の中から、この作品を手にとっていただき、ほんとうにありがとうございます。メロン男爵はエロイ人！　他のなによりも、エッチなエンタテイメントを目指して精進したいと思っておりますので、今後ともよろしくお願いいたします！

二〇一五年　四月　メロンバロン

ぷちぱら文庫 Creative
キモオタだけど強制操作フィギュアで、
美少女のメロメロ化に成功しました！

2015年　5月 1日　初版第１刷 発行

■著　　者　　メロンバロン
■イラスト　　るしゅーと

発行人：久保田裕
発行元：株式会社パラダイム
〒166-0011
東京都杉並区梅里2-40-19
ワールドビル202
TEL 03-5306-6921

印 刷 所：中央精版印刷株式会社

PPC102

ぷちぱら文庫
Creative 094
著:メロンバロン 画:かゆ
定価:本体690円(税別)
超巨乳のカノジョが
俺の巨根に絶対服従でドスケベに!?

▼メロンバロン 既刊作品▼
おっきなコレと、
りっぱなソレで、
い〜ぱい楽しもうね♥
大きすぎる胸で全校男子の憧れの的である陽子と、恋人になった俊雄。凜とした美少女だが、性格は少し潔癖だ。それでも、頼み込んだ念願の初体験では思う存分、その巨乳を満喫することができた。しかし、エッチで快感に目覚めたのは、俊雄だけではない。陽子もまた、彼の巨根に興味津々になっていたのだ。我慢できず、俊雄の巨根を求めて巨乳で誘惑してくる陽子に…。

ぷちぱら文庫
Creative 061
著:愛内なの 画:るしゅーと
定価:本体690円(税別)
幼なじみと
専属メイドに
催眠を使ったら
予想以上にスケベになった!?

▼愛内なの＆るしゅーと 既刊作品▼
「私もっ……わらしもぉぉっ！
大好き、大好きだよぉぉぉっ♥♥♥」
ケンカばかりの彼女と、
いっぱい
セックス
できました！
催眠カメラで即エッチ！
なんでそんなに、
したがるの？w
恒人はお坊ちゃまだが、普段から慎ましい生活を心がけている。そんな彼に対して幼なじみの愛萌は容赦がなく、専属メイドである奈央までが反抗的で、女の子に頭が上がらない毎日だ。しかし、怪しげな雑貨屋で手に入れた催眠カメラによって、日常が一変した。どんな命令にも従順となった愛萌たちに、エッチな妄想が爆発した恒人は、ついに処女を自分から捧げさせてしまい…。